L'homme qui marchait à reculons

Jean Paul Pointet

Avant-Propos

Jean Pierre Sergier décide d'en finir avec la vie mais voilà, il est lâche et choisit une solution originale, la mort du héros, au moins laissera-t-il un joli souvenir aux rares personnes qui l'ont aimé.

Prologue

Le cadavre affreusement mutilé d'un jeune noir avait été retrouvé dans la cave d'un HLM de banlieue. C'étaient des gamins qui avaient donné l'alerte, la police était perplexe. L'homme avait été bâillonné avec du ruban adhésif puis atrocement mutilé ; il avait encore pantalon et slip baissés, son bas ventre n'était plus qu'une plaie sanguinolente, tout était maculé de sang. La castration n'était pas la cause du décès, sinon il n'y aurait jamais eu d'eunuques dans les harems. L'homme était mort de peur, c'est-à-dire d'une paralysie brutale du parasympathique, comme disent les légistes. Surpris dans son sommeil, il n'avait pas eu le temps de crier, personne n'avait rien vu, rien entendu. Il fallut recourir aux fichiers pour identifier Sembene Kalala.

Chapitre 1   Quelques semaines auparavant.

Une BMW modèle Z4 slalomait entre les autos, l'homme était pressé. Bloqué à un feu rouge, il voulut allumer une cigarette et constata qu'il n'en avait plus. Furieux, il chercha une enseigne de bureau de tabac, jeta un bref coup d'œil dans son rétro, donna un coup de volant et se gara en talon entre deux voitures, roues avant sur le trottoir. Le bar était minable, c'était un de ces petits débits de boissons où le zinc tient toute la place, avec peu de tables et de rares clients, surtout en milieu d'après-midi. Le patron, un gros à l'air jovial, le salua aimablement, l'homme lui jeta un regard chargé de mépris et demanda.

— Vous vendez des cigarettes ?

— Non, mais j'peux vous dépanner, j'ai des gitanes.

— Ça ira.

Le patron lorgna sa cicatrice, quatre centimètres de chair boursouflée, ça tire l'œil. L'autre jeta 20 euros sur le comptoir. Il attendait sa monnaie lorsqu'un bruit de voiture qui démarre en trombe l'alerta. Il se précipita, trop tard, sa Z4 s'éloignait à toute allure, il avait oublié ses clés sur le tableau de bord, un comble ! Il cracha, proféra une injure et sortit son portable.

— Tony ? Des cons viennent de me voler ma voiture, je suis place Jean Jaurès devant un bistrot. Viens me chercher, magne-toi.

Le dénommé Tony arriva peu de temps après. L'homme à la cicatrice s'engouffra dans la voiture qui repartit sur les chapeaux de roues. Ils roulèrent en silence, sortant de la ville et s'enfonçant dans les vieux quartiers Est, là où les friches industrielles plombaient le paysage urbain. Tony n'osait pas parler, Carette était furieux, donc dangereux. Vingt minutes plus tard, ils étaient arrivés ; les trottoirs étaient déserts, aucun passant à l'horizon, c'était l'endroit idéal pour rencontrer le norvégien. Tony ralentit, s'arrêta et attendit. Un homme surgit de derrière un vantail rouillé, celui des anciennes tanneries. Carette descendit, le dialogue fut bref.

— T'as mon fric ?

— Non, il était dans ma boîte à gant mais j'm'suis fait voler ma bagnole.

— T'essaye de me doubler ? et il sortit le glock qu'il portait à la ceinture. Carette pâlit et recula, le glock n'a pas de levier de sécurité, c'est une arme dangereuse. Le norvégien s'énervait.

Chapitre 1   Quelques semaines auparavant.

— Je veux mon fric, tout de suite.

— Je vais le chercher.

Carette se retourna pour rejoindre sa voiture, le norvégien eut à peine le temps de voir partir le couteau qui se planta profondément dans sa poitrine, un flot de sang jaillit, il s'écroula. Tony fit un léger sourire et regarda Carette récupérer son arme, puis égorger le norvégien pour plus de sécurité. Il savait ce qui allait suivre. Carette vida soigneusement les poches de sa victime et tira le corps derrière le portail rouillé, puis il l'arrosa abondamment d'essence. Pas de traces, pas d'empreintes, pas de preuves, du travail propre, ils n'avaient plus rien à faire ici.

Les deux hommes repartirent pour le centre-ville, Tony roulait lentement, il connaissait son boulot. Quand ils furent à proximité du fleuve, Carette balança son couteau dans la flotte, avec la scientifique il ne fallait négliger aucune précaution ! Il était furieux, la mort du norvégien lui faisait perdre un complice efficace.

Tony n'osa pas demander pour la Z4 et les cinq mille euros, il connaissait Carette, chaque chose viendrait en son temps.

Chapitre 2 Un commissariat dans la banlieue parisienne.

Trente-six ans, brune, la belle jeune femme essayait de contenir sa colère. On était dans un de ces nombreux commissariats de la banlieue parisienne, endroits un peu tristes où les murs sont punaisés de notes de services, les linoleums déchirés, les machines à cafés toujours en panne et où se côtoient toutes les misères des grandes cités où domine l'individualisme.

— Enlevez tout de suite votre main.

— Si on ne peut plus plaisanter, entre collègues !

— Vous n'êtes qu'un gros con.

Le commissaire ne releva pas, il savait qu'il était en faute. Derrière la cloison de verre, il y eut quelques gloussements, *« pari gagné, bravo commissaire »*. Certains riaient par flagornerie, d'autres parce qu'ils étaient des hommes et estimaient que toutes les femmes sont chaudes. Marie-Ange entendit leurs commentaires grivois et se crispa sur son clavier d'ordinateur, elle savait qu'elle ne pouvait rien faire. Des salauds, il y en avait partout, peut-être plus dans la police car on y croisait beaucoup de machos et la solidarité masculine jouait à fond. Etait-ce parce qu'elle était célibataire que les hommes se croyaient tous les droits ? Etait-ce parce

Chapitre 2 Un commissariat dans la banlieue parisienne.

qu'elle était plus jolie que la moyenne ? Etait-ce à cause de son nom ? Sans doute un peu tout ça. Le remède était simple, réussir le concours de commissaire et là, ce serait elle qui donnerait les ordres et on la respecterait. Portier était rentré discrètement, toussotant pour signaler sa présence. Elle s'était retournée, son chemisier avait baillé découvrant un bonnet bien rempli. Il avait plongé sa main dans le décolleté et cherché le mamelon qu'il avait pincé.

— Ce n'est qu'un hommage masculin, vous vous vexez pour si peu !

— Vous trouveriez normal que je vous masse les couilles ?

— Ah, je vois que vous le prenez avec humour, n'hésitez pas si cela vous tente.

— Non merci, je suis entrée dans la police pour protéger les faibles et faire respecter la loi, pas pour jouer les putes.

Portier n'osa pas avouer que le rôle lui irait à ravir.

— Il faut nous comprendre, Marie-Ange, vous êtes d'une beauté effrayante. C'est de votre faute, vous portez des chemisiers trop fins et vous les laissez entrouverts, je ne suis qu'un homme, vos collègues aussi.

— Prenez du bromure, je m'habillerai en nonne.

Le soir même, elle rédigeait sa demande de mutation qu'elle relut trois fois ; rien n'y manquait, y compris une bonne dose de flatterie sur l'ambiance familiale, la bienveillance, la grande courtoisie. Elle ne supportait plus d'être dévisagée du soir au matin, les moqueries constantes, les allusions grivoises sur ses mensurations ou ses préférences au lit.

La vie était-elle plus facile pour les moches ? Non, mais quand la nature vous a accordé généreusement ce qu'elle refuse au plus grand nombre, les mecs ne voient plus la femme mais la femelle, ils vous jaugent, vous déshabillent et se voient tout de suite en sultan de harem. Marie Ange ne supportait plus d'être jugée sur la courbe de ses seins ou la perfection de ses hanches, elle frôlait la dépression, hélas, même en cessant de se coiffer, de se maquiller et en s'habillant en homme, elle restait belle à damner tout le Sacré collège. Fuyant les hommes qui confondaient amour et possession, sa vie privée était devenue un désert, son lit une banquise et son appartement une annexe du carmel. Elle quitterait cette région sans aucun regret, il n'y avait pas que des salauds dans la police, il y avait aussi des gens bien, elle n'avait pas eu de chance, c'est tout. En attendant, elle était seule.

Chapitre 3   A Cannes-Ecluse, en île de France.

Guère plus loin et presque au même moment, un jeune homme grand, élégant, racé, portant une belle chevelure blonde ondulée qui lui donnait un air de pâtre grec, faisait sa valise sous les quolibets amicaux de ses huit camarades, dont les bons sourires accompagnaient des plaisanteries éculées.

— Alors, Jules, ça te fait quoi de rentrer dans le service actif ?

— Je ne m'appelle pas Jules et si ça me permet de ne plus voir vos sales gueules, ça sera certainement superbe.

— C'est ton père qui serait fier de toi !

— Mon père est toujours vivant, il se porte bien et il vous emmerde, vous et tous les autres flics.

Cette déclaration provoqua un éclat de rire général. Un grand rouquin s'approcha avec un air mystérieux.

— On s'est cotisé pour t'acheter un cadeau. Tu ne veux pas savoir ce que c'est ?

— Non.

— Il rejoindra tes caleçons, chemises, brosse à reluire, loupe, manteau de laine, petit calepin de cuir …

— ... sans oublier l'intégrale de Simenon, je sais, vous m'avez déjà fait le coup aux dernières vacances.

La valise était presque bouclée il n'y manquait que le cadeau. Jérôme se redressa et fit face à ses camarades.
— Tu te rends compte, Jules, ...
— Je m'appelle Jérôme.
— T'aurais pu t'appeler Agatha !
— Hercule serait plus juste, fit remarquer la victime de ces petites railleries innocentes.
— Ou Julie !
— Ça va les mecs, donnez-le moi ce cadeau.

Le paquet était tout petit, léger, Jérôme essaya de deviner en tâtant le papier. C'est une pipe bien sûr, dit-il avec un grand sourire.

Tout le monde l'applaudit.
— Encore une enquête résolue par notre brillant commissaire !
— Commissaire, je ne le serai jamais, le concours est trop dur, quant à la pipe, c'est gentil mais je ne fume pas, d'ailleurs, vous le savez.

Bien sûr qu'ils le savaient tous. C'est bon la camaraderie, Jérôme avait offert le champagne et promis de donner de ses nouvelles.

Chapitre 4   Pissotière ?

La Z4 était vraiment superbe, décapotable, sièges en cuir noir, c'était une sportive, racée et nerveuse. Omar conduisait avec délectation, faisant craquer les vitesses et multipliant les montées en régime, rien que pour le plaisir d'entendre rugir les cylindres. Il accéléra au maximum Avenue des frères Lumières, guettant le flash du radar fixe, puis il rejoignit les quais et fit de même devant le second radar. Sembene Kalala ricana.

— Ça va lui niquer l'permis.

Il était minuscule, l'air méchant, avec l'oreille gauche décollée, presque horizontale qui lui donnait un air bancal. Il ouvrit machinalement la boîte-à-gant et en sortit une enveloppe en papier kraft, mystérieuse et épaisse. Elle contenait une liasse de très grosses coupures. Coincé sur la minuscule banquette arrière, un troisième individu tendit le cou, il s'appelait Benjamin Toussaint mais ses copains l'appelaient simplement Ben.

— Merde ! On va pouvoir s'payer des putes.

Les deux autres ricanèrent.

Ils craquèrent le premier billet derrière le marché gare, là où étaient stationnées les camionnettes des péripatéticiennes patentées. La fille n'avait jamais vu de billet de cinq cent euros, elle fit des difficultés.

— C'est cent pour chacun de vous, mais je garde le billet.

Omar accepta mais voulut passer le premier. Il lui pinça les seins et la mordit. Elle cria. Puis ce fut le tour de Ben, lui aussi fut brutal, c'est dur de gagner sa vie pour une michetonneuse. Quand elle vit entrer Sembene Kalala, minuscule et laid, elle eut un haut le cœur. Il la chevaucha à la mongole, ce fut court pour lui, interminable pour elle, et pourtant, dans ce métier on voit passer beaucoup ! Quand ils partirent, elle s'étonna de voir ce trio de macaques dans une si belle voiture.

Omar proposa de procéder au partage, un billet avait été sacrifié pour payer la pute, il en restait neuf, trois chacun. Quinze cent euros, une balade en bagnole de sport et un tour chez les putains, c'était un bon après-midi, pourtant quelque chose tracassait Sembene Kalala.

— La pute, elle a pas beaucoup crié. La fille crie quand elle jouit.

— Moi, elle a crié, dit Omar.

— Gros comme t'es, t'as le Zob comme un tronc d'arbre ! commenta Ben en se tapant les côtes.

Sembene Kalala avait entendu la fille gueuler tandis qu'Omar la besognait.

— Je veux qu'elle crie.

Chapitre 4   Pissotière ?

— T'avais qu'à la taper, bouffon. Puis Omar ajouta : Si je te balance une meuf qui gueule, tu me la paies combien ?

— J't'file un billet.

— Tenu, et pour ce prix-là, tu l'auras trois fois, trois jours de suite.

Sembene cracha, l'accord était conclu.

Il fallait se débarrasser de la béhème, ils roulèrent jusqu'au parking souterrain d'un petit supermarché urbain et parquèrent la voiture dans un angle discret. Au moment de s'éloigner, Omar eut une bonne idée.

— J'ai envie d'pisser, pas vous ?

Sembene et Ben comprirent tout de suite. La Z4 était décapotable, ce fut facile, trois jets d'urine bien dosée souillèrent les sièges. Omar eut même l'idée d'ouvrir la boîte à gant et de pisser dedans, il fallut viser, ça le fit tordre de rire. Restait à gagner les cinq cent euros en fournissant une fille à Kalala, une vierge, il savait pour l'avoir déjà pratiqué que c'étaient celles qui gueulaient le plus, elles pleuraient souvent, il allait adorer.

Chapitre 5   Déprime

Jean Pierre regardait, effaré, l'étrangère qui se dandinait en cadence sur une mélopée pour lui inaudible. Balançant sa tête de droite à gauche, ondulant ses hanches de façon lascive, les tonalités primaires qui s'échappaient des écouteurs étroitement vissés à ses oreilles, auguraient mal de l'état de ses tympans. Elle avait l'air d'une clocharde à la dérive avec ses chaussures dépareillées, son jean rapiécé et ses haillons en guise de T-shirts superposés. Il était consterné, sa fille était devenue une étrangère.

Sandra, la cadette, suivait le même chemin, il n'était même plus tout à fait sûr que ce soit un être humain tant la faculté de raisonner lui faisait défaut. Sandra ne parlait pas, elle chantait, Sandra n'entendait pas ou c'était pour répondre en agressant, Sandra ne voyait pas, elle rêvait. Elle affectait de ne paraître ni mâle, ni femelle, prônait l'androgynie comme modèle et voyait des propos homophobes partout.

Le cauchemar se poursuivait dans toutes les pièces de la maison, le salon, la cuisine, et même le lit conjugal car pour ses rapports avec Cécile, le constat n'était pas plus réjouissant. Tous les soirs, il se couchait en face d'un célèbre barbu, dont personne ne pouvait dire avec certitude ce qu'il serait devenu si les balles de l'armée colombienne ne l'avaient fait entrer, à trente-neuf ans, au panthéon

Chapitre 5 Déprime

des icônes de la liberté. Lui doutait que Cuba fût réellement libre, et encore plus que le vrai Che Guevara fût à la hauteur de sa légende.

Il leur restait un terrain d'entente, une zone de concertation, un tarmac où leurs destinées pouvaient peut-être atterrir aile contre aile : leur métier ; mais là encore, des zones de perturbation obscurcissaient tout dialogue. Cécile mettait des annotations triomphales sur des copies qu'il aurait jetées au rebus, dénigrait les programmes officiels et enseignait au feeling, n'hésitant pas à utiliser l'actualité dans ses cours, au mépris des classiques qu'elle trouvait poussiéreux.

Certains individus arrivent à faire face à ce genre de difficultés et même à y survivre, mais ils sont armés d'indifférence et ce n'était pas son cas. Il y avait pire, il aimait les joies simples du foyer mais dînait presque toujours seul à cause des réunions syndicales auxquelles Cécile était assidue. Elle rentrait vers vingt-trois heures et lui reprochait de l'avoir attendue. Il la regardait se déshabiller, guettant l'apparition du soutien-gorge, la chute de la jupe libérant les cuisses, elle n'aimait pas.

— Eteins, s'il te plait.

L'ordre était sec, il obtempérait. Certains couples restent amoureux, malgré le poids des années, on ne forme pas un couple à soi tout seul, le bonsoir murmuré du bout des lèvres était un message codé *« laisse-moi tranquille, je suis fatiguée, j'ai sommeil »*. Jean Pierre avait l'impression d'être privé de tout ce qui fait le sel de la vie : la curiosité, l'envie de l'autre, les projets, les échanges, la tendresse. C'est pour cela qu'il avait demandé sa mutation, elle l'avait traité de fou.

— Tu pars chez les sauvages, bonjour les pneus crevés, les insultes, les menaces, un niveau intellectuel au raz la moquette. Enseigner Ronsard et Du Bellay dans une ZEP, c'est plus qu'un challenge, c'est du suicide.

Il avait relevé le défi et même pensé que cela les rapprocherait. Hélas, l'altruisme de Cécile n'allait pas jusqu'à le rejoindre en enfer. Il aurait aimé fuir son foyer de la même façon mais n'en trouvait pas le courage, pourtant Cécile était une jeune femme intelligente.

— Tu es bien jolie ce soir.

— J'étais déjà comme ça ce matin.

Il fut pris au dépourvu, elle avait raison, il aurait dû lui faire ce compliment au déjeuner. La vérité, c'est qu'il ne la regardait plus. Il aimait la féminité pas le féminisme mais son épouse semblait incapable de concilier les deux. Elle avait un talent rare pour s'habiller d'une façon maladroite, un pantacourt c'est ravissant quand est grande avec des jambes fuselées mais si on est petite avec des rondeurs ! Il avait épousé une intellectuelle brillante et se retrouvait avec une militante nostalgique de mai 68 qui ressemblait à Mousse, le souffre-douleur du capitaine Crochet.

Chapitre 6   Omar tient parole.

Omar Ben Schaouif avait une vingtaine d'années, ses deux copains étaient un peu plus jeunes. Il ne travaillait pas, vivait de petites combines, terrorisait les habitants du quartier et insultait les ménagères, bref, c'était un petit voyou sans grande envergure, comme il en existe des dizaines. Il était obèse, ça lui donnait une apparence de force physique qui impressionnait beaucoup, il s'en servait pour terroriser les filles du quartier, dont Aïcha Benazouz, adolescente de treize ans, timide, qui marchait en rasant les murs et avait toujours peur de se faire remarquer. C'était la proie rêvée. Sembene était son pote, il allait lui offrir la fille et au passage, encaisserait les 500 euros promis.

Aïcha rentrait toujours de l'école à la même heure, il l'avait reluquée car elle était mignonne, ça serait facile. La jeune fille ne se méfia pas et le piège fonctionna, à peine était-elle entrée dans son immeuble que les trois voyous l'agrippèrent et la traînèrent jusqu'à la cave. Elle se débattit, griffa, hurla mais personne ne l'entendit. Battue, rouée de coups, elle ne put rien faire quand Sembene Kalala lui arracha son jean et la viola sauvagement, tandis que les deux autres brutes la maintenaient plaquée au sol. Lorsque ce fut fini, Omar sortit un rasoir et la menaça.

— Si tu racontes ce qu'on vient de te faire, je t'égorge, j'égorge ta mère, ta sœur, je fous le feu à ton appartement et je laisse ton père cramer. T'as compris ?

Aïcha avait compris, elle se rhabilla en tremblant et en pleurant.

Omar était sûr que la menace serait suffisante, quant à Sembene, il était content, elle avait crié. Les trois voyous allèrent fêter ça dans un petit bistro où ils avaient leurs habitudes.

Totalement terrorisée, Aïcha traversa le hall en courant et se précipita dans la cage d'escalier qu'elle escalada à toute vitesse. Le couloir du cinquième était désert, elle frappa fébrilement à la porte derrière laquelle elle entendit le pas lourd de sa mère. *"Dépêche-toi d'ouvrir, je t'en supplie"*. A peine le verrou était-il tiré qu'elle la bouscula et courut s'enfermer dans sa chambre. Zoya n'arriva que vers dix-huit heures, déprimée car ses études ne marchaient pas le rêve de devenir institutrice s'éloignait un peu plus chaque jour, elle comprenait rien aux maths et à la physique, comment réussir un concours très difficile dans ces conditions ? Elle avait déjà deux ans de retard, c'est dur d'étudier quand ses propres parents sont analphabètes ! Les Benazouz étaient arrivés d'Algérie dans les années soixante-dix, lorsque l'économie française manquait de bras. Ils avaient eu cinq fils qui avaient déjà quitté la maison, puis étaient venues Zoya et enfin Aïcha, de six ans plus

Chapitre 6   Omar tient parole.

jeune. Madame Benazouz n'avait plus d'âge, elle ne s'habillait qu'à l'orientale et était choquée par la minijupe de sa fille, dont elle admirait secrètement l'instruction.

— Où est Aïcha ?

— Dans sa chambre. Elle m'a bousculée en rentrant et ne s'est même pas excusée.

La porte était fermée à clé, Zoya dut frapper à plusieurs reprises.

— Aïcha, c'est moi. Pourquoi tu t'es enfermée ?

Zoya était inquiète, cela ne ressemblait pas à sa petite sœur, jeune fille timide et sage. Elle insista jusqu'à ce qu'Aïcha lui ouvre.

— Tu t'es fait disputer au collège ? Tu as eu de mauvaises notes ?

Elle n'obtint aucune réponse et comprit tout de suite que c'était plus grave. Aïcha avait épuisé toutes ses larmes, son corps la brûlait, elle était frigorifiée et tremblait convulsivement en serrant contre elle un très vieux lapin à la peluche jaune bien usée. Zoya sentit monter ses propres larmes, elle savait que ce doudou était l'ultime rempart de sa petite sœur contre le malheur.

— Tu veux qu'on se fasse un câlin ?

Aïcha n'hésita pas, elle se serra contre sa grande sœur qui lui murmura doucement à l'oreille.

— Dis-moi tout.

Il fallut de longues minutes de tendresse pour que les mots viennent ; c'était pire que tout ce qu'elle aurait pu supposer !

Chapitre 7   Aziz Daloa

Jean Pierre affrontait, une fois de plus, ses vieux démons. Il s'était projeté dans le futur et le résultat avait été catastrophique, allait-il vieillir avec Cécile pour laquelle il n'éprouvait pas plus d'appétit qu'un mollusque de l'atlantique pour Jean Sébastien Bach ? Ses filles, d'une médiocrité intellectuelle à faire peur à un analphabète, allaient-elles le traîner en justice afin d'obtenir de l'argent ? Que lui restait-il pour croire en l'avenir, ou plus simplement en la vie ?

Il savait qu'idéaliser le passé est aussi fallacieux que dangereux car, de là à se dire qu'il serait plus tranquille s'il était mort, il n'y avait qu'un pas. Il faillit le franchir ce jour-là en se rendant au lycée. Un camion arrivait à vive allure, il fut comme hypnotisé et se rapprocha du bord du trottoir. Le monstre d'acier approchait, il n'avait que quelques secondes pour se décider. Allait-il enfin rencontrer

Chapitre 7   Aziz Daloa

Sophie de Grouchy, Aurore Dupin, Jane Sterling, Jenny Lind ? Le bruit du camion déchira l'air puis s'éloigna. Tremblant de peur, de honte et de dégoût de lui-même, il rejoignit son lycée.

Le proviseur leur avait signalé un nouvel élève, Aziz Daloa, un cas difficile arrivé tout droit d'Afrique où sa scolarité avait été chaotique. Jean Pierre attendit que le silence s'installe.

— Nous allons étudier la critique sociale dans *Le mariage de Figaro.*

Il n'y eut pas de réaction, il distribua ses photocopies, lut le passage choisi et demanda à ses élèves de le commenter. Le *« vous ne vous êtes donné que la peine de naître »* ne leur évoqua rien. Jean Pierre s'énerva.

— Mais enfin, à qui s'adresse-t-il ?

Les remarques les plus loufoques jaillirent, *« au pape »*, *« à Hollande »*, *« aux chômeurs »*, *« à Zizou »*. Il poussa un grand soupir et allait leur donner la réponse lorsqu'il entendit le nouveau suggérer à voix basse … *« à la noblesse »*. Il faillit en lâcher son stylo de surprise. Le cours continua, Jean Pierre évoqua l'époque, les Lumières, les idées nouvelles, essayant à nouveau de faire parler ses élèves.

— Qui peut me dire quelles étaient les grandes revendications des français à la veille de la Révolution ?

Le silence fut général ; déçu, il se tourna vers le nouveau.

— Vous êtes sûr que vous ne savez pas répondre ?

Un grand gaillard prit la parole.

— Il ne kiffe pas monsieur, il vient juste de sortir de la brousse.

Toute la classe commença à s'agiter, c'était très drôle visiblement, Jean Pierre essaya de reprendre la situation en main.

— Kiffer ? Savez-vous que c'est un mot d'origine persane, iranienne si vous préférez ? Les persans sont présents dans la littérature française. En 1721, Montesquieu a imaginé deux orientaux arrivant à la cour de Louis XV.

— C'était un émigré votre Montesquieu, monsieur ?

— Non, un français. Usbek et Rica, observent nos mœurs et finissent par conclure qu'ils préfèrent leur pays où ils retournent, sans hésiter. Montesquieu est le premier philosophe qui ose s'attaquer à la monarchie absolue. Le croiriez-vous, dans son plus célèbre ouvrage, *L'Esprit des lois*, il prône la séparation des pouvoirs et ….

Le grand gaillard reprit la parole.

— C'est ce que devrait faire le macaque.

— Pardon ?

Chapitre 7 Aziz Daloa

— Le nouveau, il devrait faire comme vos deux métèques, l'ouzbèk et le ricain, rentrer chez lui.

Aziz se retourna, son regard se chargea de haine, il se leva et sortit un couteau. Les filles se mirent à hurler, les garçons ricanèrent, curieux de voir comment allait réagir leur prof.

— On se calme, dit Jean Pierre en s'interposant.

Derrière le prof, l'autre n'en menait pas large. Jean Pierre, très calme, écarta les pans de sa veste et s'adressa à Aziz.

— Frappe, si tu crois que c'est la solution à tes problèmes. J'aurais préféré mourir en sauvant quelqu'un, mais victime de mon devoir en protégeant un de mes élèves, c'est mieux que rien !

Tout le monde prit cela pour du courage alors que ce n'était que dégoût de la vie.

— Je pensais mourir dans mon lit, ou d'un cancer, ou sous les roues d'un camion, Aziz m'offre la mort du héros. Ma femme Cécile sera fière de moi, Sandra et Louise mes filles se diront peut-être que leur père n'était pas qu'un petit fonctionnaire minable et qu'il avait des tripes, les collègues verseront une larme et j'aurai droit à une petite chronique dans les faits divers. Bref, tout le monde y gagnera, sauf moi bien sûr.

Les élèves regardaient le couteau à cran d'arrêt, dont la lame semblait affûtée comme un rasoir. Jean

Pierre continua, amusé de voir que le destin lui tendait la main.

— Beaucoup de gens pensent à la mort. Qu'est-ce qu'il y a après ? Certains pensent que l'âme reste près du corps et qu'on voit la scène sans en être acteur, ils appellent cela l'E.M.I, expérience de mort imminente. Si Aziz me tue, je saurai la réponse. Deviendrai-je un fantôme ? Vous verrai-je pousser des cris ? Aziz tentera-t-il de s'enfuir ?

Personne n'osa répondre, tous attendaient le moment fatal où le fou planterait sa lame dans le ventre du prof. Il fallait être con pour crâner comme ça, devant un cinglé.

— Savez-vous ce que c'est que la mort, jeunes gens ? Non ? Je m'en doutais. La mort, du moins celle qu'Aziz pourrait me donner, c'est d'abord une impression de froid, suivie d'une brûlure légère. Puis le sang coule, tiède, plus ou moins vite, mais là ce sera certainement très rapide et l'engourdissement gagnera mes membres avant de remonter au cerveau. J'aurai l'impression de glisser dans le sommeil, comme Socrate. Mon dernier regard, la dernière chose que je verrai avant de perdre conscience, ce sera vous, et comme vous êtes jeunes et beaux, ce sera plutôt agréable.

Les élèves le regardaient comme s'il était dément : des profs poignardés en pleine classe, c'était fréquent, il y avait des dizaines d'agressions par an, certaines très graves, mais Jean Pierre ne regardait plus Aziz, il voulait que le coup de couteau le prenne par surprise, si coup de couteau il y avait.

— J'aurai alors la réponse à la grande question, qu'est-ce qu'il y a après ? Un grand vide ? Rien ? Une sorte de Nirvana comme les orientaux le décrivent ? Retrouverai-je Montesquieu qui me remerciera en ces termes : *« Merci monsieur Sergier mais il ne fallait pas en faire autant, mon petit livre ne méritait pas la mort d'un si grand homme ! »*

Toute la classe éclata de rire. Daloa sourit. Il hésita, rangea son couteau et retourna s'asseoir. Un tonnerre d'applaudissements suivit la victoire du Prof.

Chapitre 8   Le P'tit bar de la place Jean Jaurès

Jean Pierre n'était pas mort, mieux il était content. Se jeter du haut d'un pont ou sous les roues d'un camion c'est médiocre et surtout ça ne laisse aucune chance, or il voulait beaucoup moins mourir que retrouver du goût pour l'existence et à ce titre, l'expérience qu'il venait de vivre était tout à fait curieuse. Une fois le cours terminé l'incident fit le tour du lycée et renforça sa popularité, surtout quand les élèves comprirent qu'il refusait de lui donner un caractère officiel et qu'Aziz n'aurait aucun ennui. Lui qui avait eu jusqu'alors l'impression d'enseigner sur la banquise devant un auditoire de pingouins, devint soudain le centre du monde, les garçons le regardaient avec respect et les filles avec admiration.

Enchanté de sa journée, il rejoignit le P'tit bar de la place Jean Jaurès où il allait finir chaque journée, c'était devenu sa seconde maison. Le patron, jovial, lui sourit en le voyant entrer. Il rejoignit sa table et sortit ses copies.

Il était déjà tard quand deux filles entrèrent, elles s'installèrent sans commander. Jean Pierre était bien placé pour savoir que de grandes détresses peuvent se cacher derrière un air triste ou indifférent, la plus jeune semblait terrorisée, l'autre la tenait par les épaules en la serrant contre elle, il imagina quelque drame d'adolescents. Perdu dans ces réflexions, il ne fit pas attention aux trois désœuvrés qui entrèrent et se dirigèrent droit vers le flipper qu'ils commencèrent à brutaliser. Dès ce moment, tout effort pour s'abstraire dans ses copies devint impossible.

— Patron, elle chiote ta merde, elle vient d'm'arnaquer d'un euro.

Chapitre 8   Le P'tit bar de la place Jean Jaurès

Son copain, un petit râblé qui compensait son absence de muscles en jetant des regards arrogants, s'approcha du bar en criant.

— Tu rends son euro à mon copain, sinon on pisse sur tes sièges.

En entendant cette voix, la plus jeune des filles releva la tête et poussa un cri, suivi d'un gémissement. Elle se leva pour s'enfuir mais Kalala fut plus rapide et lui coupa la route. Zoya essaya de faire front.

— Laissez-nous passer.

Les trois voyous forcèrent les filles à se rasseoir.

— Tu m'paies à boire, Zoya ?

— On l'aime bien ta sœur, fit Ben.

Zoya lui jeta un œil haineux et cracha sur lui. Kalala l'agrippa violemment par les cheveux.

— Qu'est-ce t'as fait salope ! Lèche mon copain pour nettoyer ta bave, sinon on t'fera lécher autre chose.

Zoya se mit à gémir, ses larmes jaillirent au grand amusement des trois voyous qui ricanèrent de conserve. Jean Pierre vérifia qu'il avait bien rangé ses copies et fouilla dans sa pochette.

— Tu t'excuses sale meuf, ou je te pète la tête.

Zoya essaya de se dégager, Kalala la cogna violemment contre la table. Jean Pierre n'hésita plus, il sortit son portable.

— Allo, la police ? Pourriez-vous venir de toute urgence au P'tit bar, place Jean Jaurès, il y a des filles qui se font agresser par trois voyous.

Kalala lâcha Zoya.

— D'quoi tu t'mêles ? Tu veux qu'on t'pète la tête comme la meuf ?

A l'autre bout du téléphone, un fonctionnaire de police blasé expliqua qu'il était seul, que ses collègues étaient en patrouille, qu'il allait essayer de les joindre, qu'il fallait attendre leur arrivée, qu'il ne pouvait rien promettre. Jean Pierre bluffa.

— Vous dites qu'ils sont juste à côté, qu'ils seront là dans moins d'une minute ! Génial,, non je ne bouge pas, je les attends.

Les trois voyous se regardèrent et déguerpirent.

Carette les regarda partir précipitamment, étaient-ce ces trois minables qui avaient volé la béhème ? Si c'était le cas, où étaient la bagnole et le fric ? Il se leva et sortit à son tour.

Jean Pierre resta seul avec les deux filles.

— Ça ne sert à rien d'attendre la police, ils ne viendront pas, j'ai dit n'importe quoi pour qu'ils vous laissent tranquilles.

Zoya émergeait lentement du cauchemar, elle semblait ne pas comprendre.

Chapitre 8   Le P'tit bar de la place Jean Jaurès

— Venez, je vais vous raccompagner chez vous.

C'était le mot magique, la maison, la sécurité. Elle se leva, suivie de sa sœur. Quel âge avait-elle, dix-huit ans ? Elle portait une minijupe délavée sur un collant filé, ses yeux, outrageusement maquillés d'un long trait noir qui les étirait sur les tempes, vibraient de rage et de peur. Comment pouvait-elle s'habiller ainsi dans un quartier où traînaient des sales types ?

— Où habitez-vous ?

Zoya avait hâte de s'éloigner, elle lui donna des explications confuses, le voyage se fit en silence. Il devinait une vie difficile, coincée entre deux cultures, et préféra ne pas lui poser de questions.

Ils arrivèrent devant un de ces immeubles HLM des années soixante, longue barre de béton sans originalité, triste exemple d'un habitat construit dans l'urgence. Il se gara, Zoya hésita à descendre, ils se regardèrent longuement.

— Merci, dit-elle.

Jean Pierre la trouva étrangement belle avec ses yeux en amandes, son regard brillant, ses pommettes hautes et bien dessinées. Il retrouvait en elle tout ce qui l'avait enchanté dans les carnets de voyage de Delacroix au Maroc : la lasciveté de l'orientale, l'érotisme des longues cuisses largement dénudées, une poitrine ronde attirant l'œil à défaut de la main, la beauté du diable.

— Ce n'est rien, je n'ai rien fait.

Zoya ouvrit un peu plus ses grands yeux charbonneux et ne cacha pas son admiration.

-Ils auraient pu vous fritter ! D'ordinaire, quand quelqu'un se fait agresser, tout le monde fait semblant de ne rien voir. Vous, vous n'avez pas eu peur.

— Si.

— Vous êtes courageux.

— Non.

Zoya n'en croyait rien.

— Ils semblaient vous connaître ?

Elle fit oui de la tête.

— Ils vous embêtent régulièrement ?

— Ce sont des porcs. Si je pouvais, je les crèverais tous les trois.

— Surtout le plus petit, j'imagine.

Il y eut un long gémissement à l'arrière qui lui fit mal.

— Voulez-vous que je vous accompagne jusqu'à votre porte?

— Oui.

L'entrée de l'immeuble était très dégradée, ils se serrèrent tous trois dans un ascenseur suspect, la mécanique grinça mais les hissa jusqu'au troisième étage. Zoya le remercia une nouvelle fois.

— J'ai l'impression de vous avoir déjà vue ?

— Je suis en Terminale, dans votre lycée, je m'appelle Zoya Benazouz.

C'était donc ça!

— Au moins, si vous voulez me parler, vous savez où me trouver.

Elle ne répondit pas.

Chapitre 9   Le nouveau stagiaire

Le commissariat était installé dans un immeuble d'angle. C'était un beau bâtiment datant de l'époque poste haussmannienne comme l'attestait un splendide escalier de marbre, et la hauteur vertigineuse des plafonds. Hélas, il ne restait pas grand-chose de cette glorieuse époque, les rampes de marbre étaient surmontées de grillage hideux pour prévenir toute tentative de suicide, le dallage disparaissait sous un linoléum déchiré, des cloisons modernes coupaient les pièces au mépris des frises et des stucs, et chaque niveau avait été divisé en deux par des entresols qui servaient aux archives. Même l'ancienne loge du concierge avait été agrandie et transformée en accueil ; un haut comptoir permettait de s'accouder pour mieux expliquer son affaire au planton de service. Le commissaire Giachetti entra d'un pas belliqueux, il avait une fois de plus mal dormi et était de mauvaise humeur.

— A-t-on des nouvelles de Bonnaz ?

— C'est une hépatite B, il en a pour deux mois minimum. La DPUP[1] nous envoie un remplaçant, il devrait arriver dans quelques jours.

— Et le stagiaire ?

— Le commandant Chabrier nous a prévenus qu'il arrivait lui aussi aujourd'hui.

— Bien.

Giachetti s'enferma dans son bureau pour lire le détail de la main courante. Des broutilles, rien que des broutilles. Un épicier se plaignait de bruits suspects qui venaient de la cave d'un immeuble voisin, il ne voulait pas porter plainte mais voulait que la police aille voir au cas où. Une femme battue avait été recueillie par la patrouille, elle non plus ne voulait pas ouvrir d'action en justice. Le désespéré de la rue de la Gare semblait plus calme, il n'avait pas menacé de se jeter du troisième étage. Aucune voiture incendiée, pas de billetterie forcée, bref, une

---

[1] La Direction de la police urbaine de proximité

Chapitre 9   Le nouveau stagiaire

bonne petite nuit tranquille. Giachetti jeta machinalement un regard par la fenêtre, une petite Citroën jaune se garait laborieusement sur l'un des quatre emplacements réservés à la police. Il se rua dans l'escalier et surgit sur le trottoir au moment où le conducteur s'extirpait de son véhicule. C'était un beau jeune homme d'environ vingt-cinq ans, grand, avec une chevelure blonde et ondulée qui lui donnait un petit air de ressemblance avec les portraits présumés d'Alexandre-le-Grand.

— Vous ne savez pas lire ? Cet emplacement est réservé à la police ! Vous allez me foutre le camp, et tout de suite.

— Je suis le nouveau stagiaire.

Giachetti contempla l'individu de la tête au pied.

— Vous vous habillez chez l'abbé Pierre?

— Non, pourquoi?

— Plus personne ne porte d'imperméable ! Pour s'affubler ainsi, il faut être particulièrement con, ou trop bien dans sa peau ! Excusez-moi, je suis énervé. En tout cas, il faut dégager votre véhicule, une patrouille peut rentrer à n'importe quel moment, ces emplacements sont pour les voitures de service.

— Je comprends, il n'est pas question de gêner les collègues. Je suis ballot tout de même, je me disais aussi : quelle chance, une place, juste devant le commissariat ! Si j'étais marié, j'aurais pu me croire cocu.

— Vous parlez toujours comme ça ?

— Mon élocution est peut-être un peu lente mais on m'a souvent dit que j'avais une belle voix, basse et mélodieuse, accompagnée d'une diction parfaite., répondit le jeune homme, avec un naturel déconcertant.

Décontenancé, Giachetti lui fit un signe.

— Laissez votre bagnole et suivez-moi, je vais vous faire visiter les lieux et vous présenter vos collègues, je suis votre patron, le commissaire Giachetti.

— Enchanté.

— Vous vous foutez de ma gueule ou vous souffrez d'un savoir-vivre désuet qui prête à confusion ?

— Je suis très bien élevé, commissaire.

Le commandant Chabrier fut le premier à faire connaissance du stagiaire, il ne put se retenir de le détailler de haut en bas, tant sa surprise était forte: des épaules étroites, des membres trop longs, une allure d'intellectuel plus à l'aise dans une bibliothèque que sur le terrain, un petit côté aristo déplaisant. Il s'efforça de garder pour lui ces jugements hâtifs et tenta de se montrer aimable.

— Paul Martin, je présume.

Chapitre 9 Le nouveau stagiaire

— Ah non, moi c'est Jérôme Maigret, tenez, voici mon affectation.

Giachetti fit un bond et lui arracha le papier des mains. Il était bien à l'en-tête de l'ENSOP[2], tout y était, le nom de l'officier stagiaire, la signature du directeur. Giachetti relut trois fois.

— On l'a échappé belle, fit Chabrier bon enfant. Jérôme, c'est mieux que Jules!

— C'est pour ça, l'imperméable, explosa Giachetti, pour faire vrai ! Puis, sinistre : Tout le monde va se foutre de nous, je vois déjà le divisionnaire me téléphoner, *«mettez Maigret sur l'affaire, c'est le meilleur»*.

— Et à la cantine, monsieur le commissaire, on ne va plus bouffer que des andouillettes vin blanc. J'ajoute qu'il a une jolie petite gueule, la cuisinière va en être toquée au premier regard.

— Et Paul Martin, où est-il ?

— Il vient d'avoir un accident de ski, il a les deux jambes brisées. J'avais de moins bonnes notes que lui, en fait, elles étaient tout à fait désastreuses mais le directeur de l'ENSOP m'a repêché.

— Il a voulu nous faire une blague.

---

[2] École nationale supérieure des officiers de police (ENSOP) à Cannes-Écluse. Elle alterne formation en école et stages en services actifs.

— Il y a plus d'un âne qui s'appelle Martin, monsieur le commissaire.

— Martin, pas Maigret !

— Je vous demande pardon, nous sommes 742 à ce jour dont 34 ont Jules pour prénom. Rien qu'ici dans la région lyonnaise, il y en a 15, mais c'est la Marne qui en compte le plus avec 38 individus. Vous vous doutez bien que votre réaction est des plus banales, j'y suis habitué. Les Maigret sont plus nombreux dans la partie Nord du pays, rien que dans la région parisienne, ils frôlent la centaine. Mes parents n'ont pas vue la nécessité de saisir le conseil d'État !

— Quand on s'appelle comme vous, on évite d'entrer dans la police !

— Et de se déguiser comme l'autre, rajouta Chabrier négligemment,

— Si je m'étais appelé Tarzan je ne serais pas venu en slip léopard, ce n'est donc pas un déguisement, quant à mon entrée à l'école de police, c'est une vocation qui m'a pris à l'école. Figurez-vous qu'un jour …

Chabrier commençait à trouver le nouveau sympathique.

— Vous nous raconterez ça plus tard mon vieux. Allez commissaire, il y a plus grave. Puis, en rigolant : Vous imaginez la tête de l'évêché si le

Chapitre 9   Le nouveau stagiaire

nouveau curé de la paroisse Ste Bernadette se nommait Jésus Christ !

— Et pourquoi pas le lieutenant Bonaparte au 32ᵉ régiment d'artillerie! Renchérit Giachetti, avant de poursuivre, soupçonneux : Vous dites qu'on vous a repêché, c'est donc que vous avez raté!

— Oui, commissaire.

— Quand on porte un nom pareil on s'applique, nom de Dieu !

— Ou on est saqué, monsieur le commissaire, la discrimination se cache partout. Je suis travailleur et sérieux, vous vous en rendrez compte. Ce sont les nouvelles techniques de la police scientifique qui m'ont joué des tours.

— Vous préférez travaillez dans la psychologie, comme votre homologue !

— Mon homonyme commissaire, simple homonyme, qui, de plus, n'est qu'un personnage imaginaire. Si tous les Maigret vivant en France se présentaient ici au garde-à-vous, vous auriez l'impression de passer la revue du 14 Juillet.

Vaincu et désabusé, Giachetti lui tourna le dos en lâchant, d'un ton fataliste :

— Puisque c'est une vocation !

Chapitre 10   Zoya

Pour la première fois depuis longtemps, Jean Pierre dormit comme un bien heureux, il en fut le premier surpris et en chercha la raison : c'était le démon de la curiosité, il voulait revoir Zoya et c'était possible puisqu'elle était dans son lycée. Il se prépara avec une sorte d'impatience qui l'amusa et rejoignit Cécile. Sa femme était attablée devant une revue syndicale, une tartine beurrée à la main. Il se servit son café et déjeuna en silence en pensant à Zoya ; la veille, elle lui avait semblé plutôt mignonne, en serait-il de même au grand jour ? Une pensée loufoque traversa son esprit, il se raccrochait à l'existence comme à l'élastique de Fort-Boyard qui retient la chute, puis remonte tout aussi vite. Cécile releva la tête.

— C'est moi qui te fais rire?
— Je pensais à une élève.
— Et qu'est-ce qu'il y a de drôle ?
— Ce serait trop long à te raconter.

Cécile se replongea dans sa lecture, il poussa un soupir. Avec son habituel pullover trop large *(une relique de Georges Marchais ?)* et son pantalon informe, il avait l'impression de vivre avec un clone de Mélenchon. Cécile s'emportait.

Chapitre 10 Zoya

— Hollande avait promis 60 000 postes dans l'éducation nationale, mais ce sont des profs qu'il faut, pas des éducateurs. J'espère que tu iras manifester avec tes élèves.

— Ils n'ont pas besoin de moi.

— Tu te fous de leur avenir ?

— Si c'était le cas, je ne me serais pas fait muter dans une ZEP.

C'était une flèche de Parthe, elle haussa les épaules et sortit.

Sa journée fut bizarre, très différente de ce qu'il avait imaginé. D'abord, il conduisit trop vite et se le reprocha. Une fois sur le parking des profs, jungle cruelle, il n'y avait plus de place et il dut se garer dans la rue. Puis vint la déception, il eut beau regarder à droite, à gauche, partout, parcourir les coursives, les couloirs, il ne la revit pas. Désillusion, contrariété, amertume, dégrisement, il ne sut pas mettre un nom sur ce qu'il ressentait. Un quadra qui se comporte en gamin, c'est ridicule, il ne voulait pas devenir la risée du lycée. Son cours sur Victor Hugo, précurseur de l'Union Européenne, fut un désastre, il ne trouva pas le texte qu'il avait soigneusement annoté, tenta de le résumer, peina à trouver ses mots, s'embrouilla, bafouilla, les élèves n'arrivaient pas à le suivre et il dut changer de sujet et improviser. Un désastre total.

Quand il rejoignit sa voiture, un petit bout de papier l'attendait sous l'essuie-glace. *« Encore merci pour hier soir, même si vous ne serez pas là, la prochaine fois. Zoya »*.

Il sentit son cœur s'accélérer et relut lentement, cherchant un double sens, était-ce un appel ? L'écriture était belle, les lettres bien tracées, c'était la graphie d'une enfant sage et appliquée, bien différente de la sienne qui trahissait au premier regard le maniacodépressif, parangon des cyclothymiques, mais mollasson face à la vie comme d'autres le sont face au travail. A la troisième relecture, il était tout à fait convaincu que c'était un appel, il leva les yeux. Zoya était là, à une dizaine de mètres, elle le guettait. Il sentit son sang ne faire qu'un tour, elle était encore plus attirante que dans son souvenir. Il lui fit signe d'approcher.

— Vous voulez que je vous ramène ?

— Vous n'êtes pas obligé.

— On fera un détour pour aller chercher votre sœur, ça vous va ?

Elle fit oui et monta dans la petite Fiesta avec empressement, ce qui tira un peu plus la minijupe vers le haut, attirant irrésistiblement le regard. Vaguement inquiet qu'un de ses collègues puisse le voir embarquer cette belle fille, il démarra sur les chapeaux de roues.

Chapitre 10 Zoya

C'était la fin de l'après-midi et il y avait beaucoup de trafic, Jean Pierre conduisait en automate, se demandant dans quelle galère il s'embarquait et quelle en serait l'issue. Zoya avait envie de parler, elle était soulagée.

— D'habitude, je n'y vais pas, mais je lui ai promis que je viendrai.

— Je comprends.

— Grâce à vous, je serai en avance, dit-elle en se mordant les lèvres nerveusement. Et même si Omar nous guette, quand il verra que vous êtes là, il n'osera pas s'en prendre à Aïcha.

— Omar, c'est le gros ?

— Omar Ben Schaouif, un bâtard qu'il faudrait castrer.

Jean Pierre approuva sobrement.

— Et les deux autres ?

— Celui m'a tapé la tête, c'est Sembene Kalala, il est aussi méchant qu'il est laid. L'autre, c'est Benjamin Toussaint, un vicieux. Ils sont inséparables.

Il regarda Zoya qui lui fit un sourire timide, sans doute devinait-elle ses doutes, était-il réellement de taille à les protéger toutes les deux?

Aïcha était devant la grille, il ne l'avait pas beaucoup regardée la veille et découvrit une jolie petite jeune fille, timide et discrète, aux rondeurs plus attendrissantes que provocatrices. Elle parut surprise de le voir et surtout, rassurée. Le retour fut trop rapide, il les raccompagna jusqu'à leur porte puis resta là, debout, un peu bête, déçu de se quitter comme ça et ne sachant pas où mettre ses yeux.

— Voulez-vous qu'on renouvelle demain ?

Le visage de Zoya s'éclaira d'un sourire. Malgré ses allures émancipées, elle semblait bien fragile.

— Pour ma sœur aussi ?

— Cela va de soi. Je n'irai corriger mes copies au petit bar que quand vous serez en sécurité chez vous.

— Et s'ils reviennent et qu'ils vous frittent ?

— Je ne vais pas m'empêcher de vivre. S'ils s'en prennent à moi, j'appellerai la police à nouveau.

— Ils ne viendront pas, ou seulement pour compter les morceaux.

— Ça fera un poste de libre pour l'académie, et une retraite en moins pour Hollande.

Zoya le dévisagea curieusement.

— Vous dites des bêtises pour me faire rire.

Il se sentit rougir, à quoi pensait-elle ? Qu'il était vicieux comme les autres et voulait seulement la mater, voire plus, la sauter ? Qu'elle draguait les profs en se faisant raccompagner chaque soir ?

Chapitre 10   Zoya

Une voix lourde et traînante arriva du salon.

— Zoya, fais rentrer ton visiteur ou ferme la porte, ça fait du courant d'air.

La jeune fille eut une inspiration subite.

— Pourquoi vous ne resteriez pas manger avec nous ?

Il accepta.

Jean Pierre pénétra dans un univers très différent de son quotidien, l'omniprésence des tapis et des plats en cuivre indiquait clairement l'origine orientale de la famille. Un couple âgé était vautré sur le sofa. Zoya fit les présentations.

Les orientaux ont le sens de l'hospitalité, la mère le remercia d'avoir ramené ses filles et approuva l'invitation en utilisant le tutoiement, ce qui est chez eux une marque de respect.

— Zoya a raison, tu partageras notre repas, mon fils, à moins que tu n'aimes pas le tagine.

Jean Pierre esquissa un sourire et accepta, il se sentait bien.

On l'installa dans un de ces fauteuils dont le cuir, usé par des années de bons et loyaux services, conserve la place du corps. Consciente de l'incongruité de la situation, Zoya multipliait les allers et retours entre la cuisine et le salon, à la fois inquiète d'aider sa mère et ne voulant pas laisser les hommes seuls trop longtemps. Le vieil homme était content de la nouveauté.

— Nous sommes originaires de Kabylie, c'est l'Algérie intérieure, celle des montagnes. Nous y avons de la famille. Zoya a un cousin qui l'attend là-bas mais elle ne veut pas se marier tant qu'elle n'a pas fini ses études.

Jean Pierre approuva. Il imaginait sans peine le genre de vie dont monsieur Benazouz rêvait pour sa fille.

— C'est important les études, ça permet d'avoir une vie moins dure, de choisir son destin.

— Tu as raison, c'est pour cela que je ne la contrains pas.

Madame Benazouz revint, portant une immense couscoussière fumante qu'elle posa au milieu de la table, chacun prit place. Jean Pierre fut tout de suite assailli de questions.

— Alors mon fils, comme ça, tu es le professeur de Zoya, c'est bien, tu vas pouvoir l'aider pour ses études.

Zoya rougit et expliqua les matières dans lesquelles elle avait le plus de difficultés. Jean Pierre se hâta d'approuver, imaginant des après-midi studieuses dans le petit bar.

Madame Benazouz jeta un regard sur sa main gauche, vide de toute alliance.

Chapitre 10   Zoya

— Tu es marié ?

— Oui.

Elle parut déçue.

— Tu as des enfants ? Ta femme reste à la maison?

Il répondit sans mentir, mais sans s'étendre. La vieille femme hocha la tête gravement.

— C'est un beau métier, enseignant, Zoya veut devenir institutrice.

Jean Pierre ne connaissait pas suffisamment la jeune fille pour émettre des pronostics sur ses chances, il émit des banalités : l'importance de la motivation, de la rigueur, des méthodes, un métier de vocation, le plaisir de vivre au milieu des enfants.

Benazouz père approuvait gravement. Il évoqua sa jeunesse, son propre instituteur qui lui avait donné l'amour de la France, la vie au village, le respect des traditions, l'importance de la parole donnée.

— Ce qui manque à ton pays, c'est le soleil et les odeurs. Chez nous, il y a de la lumière, et quand il pleut la pluie fait ressortir l'odeur des citronniers et des jujubiers.

— Alors qu'ici c'est béton et gasoil !

— Vous êtes un grand peuple, vous les français, mais vous manquez parfois de mémoire. Ça ne fait rien, je suis content que tu sois un ami de Zoya, elle a besoin de soutien.

Jean Pierre comprit qu'il était chez un ancien harki. La jeune fille devait souffrir de multiples rejets.

Zoya apporta un de ces cafés trop forts dont les orientaux ont le secret. Il était tard, il devait prendre congé. Elle le raccompagna jusqu'à la porte.

— Votre père est un homme intéressant.

— Mais il est vieux!

Il comprit que les deux filles étaient seules face aux violences de la vie et esquissa un timide « *à demain* », auquel elle hésita à répondre, puis le poussa dehors. Il se retrouva seul dans le couloir du HLM et préféra descendre par l'escalier, se traitant de con.

Chapitre 11   Débuts

Jérôme Maigret, puisque tel était son nom, commença l'apprentissage d'un métier pour lequel son patronyme le prédestinait. En attendant l'arrivée du remplaçant de Bonnaz, qui devait le former, il ferait équipe avec le lieutenant Dargier ; ce dernier se révéla vite un bon camarade.

— En route pour ta première mission, Maigret.

Chapitre 11   Débuts

— Je préfèrerais que vous m'appeliez Jérôme.

— Va pour Jérôme et on se tutoie. Alors comme ça, c'est une vocation la police…

— Un concours de circonstances serait plus exact. Certains anthropologues sont convaincus que l'influence du milieu est déterminante pour l'évolution de l'espèce, ainsi, de même qu'un insulaire de la préhistoire devient fatalement pêcheur de sardine, un adolescent auquel on demande constamment des nouvelles de ses enquêtes finit par se prendre au jeu.

Dargier le regarda, sceptique sur leur future collaboration.

— Tu parles toujours comme ça ?

— Comment « comme ça » ?

— Comme un prof.

— Je ne me rends pas compte, je suis désolé, je vais faire un effort.

— Y-a pas d'offense, allez, c'est toi qui conduis. Un boulanger a téléphoné pour se plaindre, c'est la troisième fois qu'on lui brûle ses poubelles. Ricane pas, ça vaut dans les trois cents euros pièce, en plus, elles étaient pleines de sacs de farine vides, papier plus farine, ça brûle bien et ça salit le crépi. J'ajoute que c'est très dangereux. Il y aurait du racket là-dessous que ça ne m'étonnerait pas.

— Il n'y a pas de société évoluée sans le respect de la loi, commenta Jérôme d'un ton sentencieux.

Dargier le regarda avec un petit sourire moqueur.

— Attention, ça te reprend !

— Pardon.

— Tu vas toujours rester habillé comme ça ? J'ai l'impression d'être figurant dans un film de Jean Gabin et dans le métier, il faut parfois réagir vite.

— Première leçon ?

Dargier sourit. Le trajet fut court, ils s'éloignèrent rapidement du centre-ville et se retrouvèrent dans la moyenne banlieue, celle qui est loin des beaux quartiers mais encore proche par rapport aux grands ensembles, et aux hypermarchés. La boulangerie tenait une large place à un angle de rue, devant la porte du garage derrière laquelle l'artisan rangeait sa camionnette. Les dégâts étaient visibles. Outre les traces de noir sur les murs, l'odeur du plastique brulé imprégnait encore les murs. Ils entrèrent. Le boulanger semblait peu décidé à porter plainte, sa femme était plus déterminée.

— C'est la troisième fois qu'on met le feu à nos poubelles, ça suffit ! Ils sont trois: un grand obèse, un petit râblé l'air chafouin, un nain ou presque. Ils veulent cinquante euros.

Dargier laissa Jérôme poser les questions qui s'imposaient et leur conseilla de passer au commissariat le plus tôt possible pour le dépôt de la plainte. Puis les deux flics rejoignirent leur voiture où il testa son jeune collègue.

— Alors, qu'est-ce qu'on fait maintenant ?

— La tournée du quartier pour voir si les trois zozos ont fait d'autres victimes.

— Parfait.

De retour au commissariat, Giachetti ne put s'empêcher de faire de l'humour.

— Et bien Maigret, je vois que le métier commence à rentrer. Il ne vous reste plus qu'à identifier le plus vite possible les trois membres du Gang des poubelles et à nous les ramener morts ou vifs. Maigret, la terreur des ordures.

Le jeu de mots eut beaucoup de succès.

Chapitre 12   Le quotidien en ZEP

Jean Pierre ne se reconnaissait plus. La possibilité de croiser la jeune fille dans un couloir agissait sur lui comme un puissant catalyseur, ses sombres pensées se diluaient, rien qu'à l'imaginer devant lui. Il se trouvait ridicule mais c'était mieux que sombrer à nouveau dans la déprime, choisit-on la branche à laquelle on se raccroche ?

Il avait choisi de faire travailler ses élèves sur *Lettres de condamnés à mort*, certains auteurs se révélaient d'une profondeur incroyable, il puisait en eux de quoi alimenter l'énergie qui renaissait en lui.

Le cours fut un succès, Aziz, fasciné, l'écoutait sans prendre de notes, tel un intuitif pour lequel écrire est secondaire. Jean Pierre discourut de l'inutilité de la vie pour les uns, de la récurrence de la mort pour les autres, de la notion d'engagement au service d'une idée, de celle de sacrifice. Pour finir, il leur proposa un débat. Une idée mérite-t-elle qu'on se batte et qu'on meure pour elle ? Qu'est-ce qu'un régime totalitaire ? Doit-on l'accepter ? La liberté est-elle la valeur suprême et non la vie ?

— Vous allez réfléchir quelques minutes pour classer les sujets par préférence, puis vous voterez. La classe sera divisée en deux groupes qui s'affronteront dans le respect des idées des autres. Je serai à la fois le secrétaire et l'arbitre du temps de parole.

Les lycéens choisirent le troisième sujet, le débat commença. Au début, ce fut assez plat, la vie et la mort restent des notions abstraites pour des gens de cet âge, Jean Pierre notait leurs idées au tableau en prenant bien garde de ne pas les influencer, mais en veillant à ce qu'ils restent dans le sujet, ce qui se révéla difficile. Soudain, la porte s'ouvrit à la volée, cinq ou six individus entrèrent, bien décidés à perturber le cours. Il garda son sang-froid, leur demanda de sortir et fut copieusement insulté. Aziz

Chapitre 12 Le quotidien en ZEP

ne le supporta pas. Il se leva. L'un des excités l'apostropha.

— Qu'est-ce tu veux, bouffon ? Qu'on te nique ta race ?

Aziz sortit son couteau, les autres ricanèrent.

— On va t'exploser la tête. Va te rasseoir, esclave.

Jean Pierre hurla.

— Non Aziz, pas ça.

Une panique générale s'installa, les filles hurlaient, les garçons excitaient Aziz qui s'approcha à moins d'un mètre des perturbateurs, la large lame dans sa main droite. Les autres sortirent eux aussi leur couteau. Tout se joua en une seconde, le plus proche d'Aziz, celui qui l'avait insulté, se retrouva en une seconde face aux quatre autres, le bras tordu dans le dos à la limite de la rupture des ligaments et le couteau d'Aziz prêt à lui ouvrir la gorge. Tout le monde se tut, pétrifié.

— Aziz, ne fais pas de bêtise, supplia Jean Pierre.

L'autre se débattit, Aziz serra, il y eut comme un craquement suivi d'un hurlement de douleur. Il n'était plus question ni de s'amuser, ni de perdre la face.

— Lâche-moi, sale con !

L'un d'eux esquissa un geste, Aziz appuya plus fort, le sang se mit à perler, petite trainée rouge discrète qui en disait long sur sa détermination. Jean Pierre hurla :

— Non, Aziz !

Mais l'adolescent ne baissa pas sa lame, au contraire. Faisant preuve d'une force étonnante, il asphyxia progressivement son adversaire en l'écrasant entre ses bras, l'autre cessa de se débattre.

— Mais foutez le camp, cria Jean Pierre. Vous ne voyez pas qu'il va le tuer?

Les quatre voyous se regardèrent, indécis.

— Vous êtes venu pour vous amuser, c'est fait, dehors maintenant. !

Les autres hésitèrent, puis sortirent. Aziz relâcha sa victime qui, tout en tenant son bras, proféra une menace.

— On se retrouvera !

Aziz lui cracha dessus. La scène avait à peine duré quatre minutes. Une chape de plomb était tombée sur la classe, Jean Pierre savait qu'il devait dire quelque chose mais il en était incapable, le plus simple était de remercier l'adolescent.

— La violence est le propre de ceux qui ont peu d'idées. Étudier est une chance. Vous êtes là pour réfléchir, préparer votre avenir, apprendre à vivre

Chapitre 12 Le quotidien en ZEP

avec les autres, dans le respect, en ouvrant votre esprit, ce que ne font pas les individus dont Aziz nous a délivrés. Les auteurs des lettres de condamnés à mort étaient eux aussi confrontés à la violence, sans doute plus que nous. La scène que nous venons de vivre nous a appris deux choses, la première, c'est que rien n'est jamais acquis et que des menaces naissent constamment contre nos libertés, dont celle d'étudier en paix, comme vous, en ce moment.

Les élèves approuvèrent gravement.

— La seconde, c'est que des gens prêts à se battre pour défendre leurs droits, il y en a eu autrefois et il y en a encore aujourd'hui. C'est pour cela que je conclurai en remerciant Aziz.

Les élèves applaudirent leur camarade, puis sortirent. Jean Pierre resta seul avec l'adolescent qui le regarda fixement puis sortit à son tour.

Zoya l'attendait devant la Fiesta.

— On va chercher Aïcha ?

La question était stupide, elle n'était pas venue pour le draguer, et puis pourquoi ce ton enjoué? Elle fit oui, il ouvrit, elle monta.

— Il parait que vous avez eu des perturbateurs dans votre cours. J'ai entendu dire que ça a failli être sanglant.

— C'est sans importance.

Après l'incident, le principal l'avait convoqué pour se faire raconter toute la scène, puis il avait minimisé. *« Daloa n'est pas tout à fait un élève comme les autres, ça aurait pu être pire »*. Pire ? Que fallait-il comprendre ? Que l'élève était vraiment capable d'égorger froidement un autre individu? Son directeur l'avait rassuré. *« J'ai toute confiance en Daloa, je vous en parlerai, à l'occasion, mais seulement si cela se révèle nécessaire »*. Jean Pierre n'avait pas insisté.

— Vous n'avez pas eu peur? demanda la jeune fille ... Pourquoi ma question vous fait rire?

— Ce serait trop long à expliquer.

Il avait attendu cet instant toute la journée et ne pouvait plus se cacher que Zoya le troublait, c'était naturel, il ne se sentait pas coupable, c'est l'acte qui est répréhensible pas la pensée, cette fille était belle et en plus, si court vêtue ! Zoya semblait offrir ses cuisses aux caresses. Comment pouvait-on s'habiller de façon aussi provocante ? Etait-ce un choix pour afficher son indépendance, sa liberté ?

— Etre diabétique n'empêche pas d'aimer les pâtisseries !

— Pardon ?

— Rien. Je lutte contre ma gourmandise.

Chapitre 12 Le quotidien en ZEP

Le silence s'installa. Zoya était perdue dans ses pensées, elle regardait machinalement par la fenêtre, il se demanda ce qu'il faisait là ! S'il devait la ramener tous les soirs, tôt ou tard ses collègues s'en apercevraient et qui sait jusqu'où iraient leurs commentaires? Jusqu'à la médisance, c'était inévitable, elle était ravissante. Le trajet s'éternisant, il chercha quelque chose à dire.

— J'ai deux filles, l'aînée est un peu plus jeune que vous.

— J'ai vingt ans, répondit-elle, par politesse.

Il n'osa pas répondre qu'il en avait le double.

Aïcha attendait sagement devant la grille. Ils roulèrent sans rien se dire. Une fois arrivé, il proposa de les accompagner jusqu'à leur porte comme la dernière fois. Zoya refusa. Le regard terrorisé d'Aïcha la fit changer d'avis. L'ascenseur était en panne, ils prirent l'escalier dont la cage était aussi sale qu'un couloir du métro aux heures de pointe. Une fois la porte de l'appartement ouverte, Aïcha s'engouffra dans sa chambre. Il allait partir lorsque Zoya l'attrapa par le bras.

— Vous êtes sûr que ça ne vous dérange pas de nous ramener ?

Le contact de sa main se révéla une torture, il se sentit devenir animal. Où que ses yeux se posent, elle était belle. Il aimait ce regard noir, ces cheveux ondulés, ces formes pleines, c'était Circé en personne qui lui tenait le bras pour l'empêcher de s'enfuir.

— Le détour est minuscule, parvint-il toutefois à articuler.

La jeune fille était indécise, un pli bas sur son front indiquait une intense réflexion. Une voix traînante s'éleva de la cuisine.

— Zoya, courant d'air !

Prise au dépourvu, elle l'attira brusquement à l'intérieur et le poussa dans sa chambre. Il se retrouva, sans le vouloir, dans un endroit où tous les ennuis du monde pouvaient lui tomber dessus. C'était la chambre d'une jeune fille studieuse, bien rangée, avec sur le bureau des gros cahiers et des livres de cours. Les étagères débordaient de CD, les murs étaient tapissés de posters, Placebo, Jim Morisson, Mozart, Victor Hugo, Zola, Johnny. Elle s'excusa.

— C'est un peu éclectique !

— Il manque Molière.

Elle rougit. Pour la première fois, Jean Pierre comprit ce qui se passe dans la tête d'un violeur. Il était effrayé par la montée de son désir. Zoya ne s'aperçut de rien, elle commença par mettre de la musique et s'excusa.

Chapitre 12   Le quotidien en ZEP

— Les murs sont en papier, maman entend tout.

Forts de cet avertissement, ils parlèrent à voix basse. Zoya commença par une question qu'il se posait à lui-même depuis quarante-huit heures.

— Pourquoi vous intéressez-vous à nous ?

— J'avais promis, mais si ça vous dérange, on arrête.

— Non, s'empressa de répondre la jeune fille. Ma sœur est terrorisée, il faut continuer. Ce n'est pas facile pour elle.

— Et vous, ça ne vous ennuie pas de vous faire raccompagner par un prof ?

Il n'osa pas ajouter *«dont le mariage est raté, qui a une vie médiocre et qui flashe sur vous »*, car il sentit en une seconde tout le ridicule de la situation. Il éclata d'un rire nerveux. Zoya se plaqua contre lui, une main sur sa bouche.

— Taisez-vous, sinon ma mère va venir voir ce qui se passe.

Il resta les bras ballants, affolé de sentir ses seins écrasés contre lui.

— Il ne faudrait pas qu'elle nous trouve dans cette position!

Zoya se rejeta en arrière. Son désarroi était émouvant, coincée entre la menace des trois voyous, et ses parents qui se poseraient inévitablement des questions s'il revenait tous les soirs, elle ne savait plus quoi faire. C'était à lui de trancher.

— Je vais partir, je ne veux pas qu'on me prenne pour un affreux bonhomme qui suit les petites filles.

Zoya l'accompagna sur le palier.

— Vous allez retourner au petit bar ?

— Il le faut bien, sinon où m'installerais-je pour corriger mes copies?

— Pourquoi ne rentrez-vous pas chez vous ? Un foyer, c'est très important, c'est un cocon de douceur où personne ne peut vous atteindre, où les gens s'aiment, même s'ils se disputent.

— Le mien n'est pas comme ça.

— Et vos filles ?

— L'aînée passe toutes ses soirées dans un bar pour gothiques, et la cadette a trouvé une famille d'adoption chez les parents de son petit copain. Mon appartement est encore plus sinistre qu'une salle des profs au mois d'août.

— Mais alors, vous êtes toujours seul !

— Il n'y a même pas de poisson rouge. ... A demain ?

— Oui, merci.

Chapitre 12 Le quotidien en ZEP

Les Benazouz ne s'étaient pas aperçus qu'un homme sortait de la chambre de Zoya, si la jeune fille portait des jupes très courtes, elle était sérieuse et ils le savaient. Quand il déboucha à l'extérieur, Jean Pierre reconnut une silhouette familière, Aziz semblait l'attendre. Quand il le vit sortir, l'adolescent disparut. Que faisait-il devant l'immeuble des Benazouz ? Etait-ce un hasard ou l'avait-il suivi ?

Le lendemain, un simple coup d'œil sur les listings permit à Jean Pierre d'apprendre qu'il habitait quelques rues plus loin, il n'y avait donc aucun mystère. Il rejoignit sa classe.

Son cours portait sur la *« La critique sociale dans les misérables »*, il distribua les photocopies, fit lui-même la lecture du passage sélectionné et le commenta avec passion.

— Hugo est le premier écrivain qui met son talent au service d'une cause sociale. S'il décrit les souffrances des prolétaires, c'est pour mieux faire réfléchir ses contemporains. N'oublions pas que c'est l'époque du libéralisme sauvage, des nantis tout puissants et de la démocratie balbutiante. Abus et souffrances allaient de pair. Qui peut me citer d'autres œuvres dans lesquelles Hugo prend la défense des pauvres ?

Il y eut quelques bonnes réponses, *L'homme qui rit*, *Les travailleurs de la mer*, la cour des miracles dans *Notre Dame de Paris*. Jean Pierre les félicita et reprit.

— La voix d'Hugo n'était pas la seule. La question sociale était l'objet d'âpres débat opposant la gauche radicale et la droite royaliste. Certains patrons prônaient une solution originale, le paternalisme, et même le pape rappelait aux chrétiens leur devoir dans son encyclique *Rerum Novarum*.

— Et aujourd'hui monsieur, c'est pareil ? demanda l'un des élèves, assez impressionnant par sa taille et vaguement provocateur.

— Bien sûr, de nombreux artistes s'engagent pour des causes diverses, mais n'oublions pas le bac et restons dans la littérature. Connaissez-vous Albert Camus qui dénonce le nazisme dans *La Peste* ?

Aziz leva la main, Jean Pierre lui donna la parole.

— Il utilise des métaphores, les rats ce sont les collaborateurs, l'isolement des malades dans des camps ce sont les camps de concentration, et le transport des cadavres vers des crématoires en dehors de la ville, c'est une allusion à Auschwitz.

Jean Pierre était médusé : ce gamin était passionné de littérature et intelligent ! Il s'apprêtait à le complimenter lorsque le même grand gaillard demanda la parole.

Chapitre 12   Le quotidien en ZEP

— Tout ça c'est tout de la foutaise. Vous les profs, vous faites dire n'importe quoi au texte. C'est comme si j'écrivais *« je pisse, ça soulage »* et que dans votre analyse, vous disiez que ça évoque le printemps.

Toute la classe éclata de rire, Aziz lui jeta un regard meurtrier, puis guetta la réaction de Jean Pierre qui en avait vu d'autres.

— C'est trop court Yann, pour que je puisse analyser ton texte, il faut que tu l'insères dans une narration, un livre, un roman, une nouvelle de quelques pages. Si tu dis *« je pisse, donc ça me soulage »,* ça veut juste signifier que ta vessie est trop pleine, ou encore que tu souffres de ta prostate. Si tu dis *« et ils pissent comme je pleure sur les femmes infidèles »* même là encore, ça ne veut rien dire. Mais si tu cites le texte entier de la chanson, là, tu verras que l'analyse coule d'elle-même, comme ton urine. Jacques Brel dresse avec talent le portrait d'un homme aigri, déçu par la vie et les femmes. Ce n'est pas ton cas, Yann ?

Les élèves apprécièrent la démonstration, même Yan, beau joueur, qui rigola avec les autres.

— Si tu écris ton livre, je te promets que nous en discuterons. Je propose même un titre, pourquoi ne pas plagier Sacha Guitry : *« Le roman d'un pisseur »* ou encore *« Pipi et soulagement ».*

— *Le roman d'un tricheur, Cris et chuchotements* murmura Aziz.

Jean Pierre fut le seul à entendre.

Le cours n'avait pas volé bien haut mais au moins, Aziz semblait s'intégrer. Jean Pierre en fut tout ému. *« Il faut que j'aide ce garçon, que je lui parle, que j'arrive à le faire s'extérioriser, il est intelligent ».*

Chapitre 13   La remplaçante

Giachetti était de bonne humeur, il faisait beau, c'était une grande et belle journée de printemps, comme il les aimait. Il poussa la porte de son commissariat en sifflotant et tomba sur Chabrier qui avait un air bizarre.

— Le remplaçant de Bonnaz est arrivé, commissaire.

— Pourquoi cette gueule d'archevêque face à une délégation de vaudois ? C'est une bonne nouvelle ! Crachez le morceau, je m'attends à tout ; alors, ils nous ont envoyé qui, cette fois ? Cordier ?

Chapitre 13 La remplaçante

Moulin ? Navarro ? Ah, ne me dites rien, j'ai deviné ! C'est Nestor Burma qui m'attend dans mon bureau, flanqué d'Hercule Poirot.

Giachetti était ravi de sa plaisanterie qu'il trouvait très bonne.

— C'est une femme.

— Soyez moderne mon vieux, pas d'à priori, l'essentiel c'est qu'elle soit là, non ?

— Certes.

L'œil était froid, le ton lugubre, Giachetti commença à s'inquiéter.

— Il y a quelque chose ? Parlez Bon Dieu, que je n'ai pas l'air con dans cinq minutes.

— Elle est très belle.

— C'est tout ? Avec le nouveau qui est beau gosse, notre commissariat va voir sa côte monter. D'ici à ce que ça fasse baisser la délinquance !

Très satisfait de sa nouvelle plaisanterie, Giachetti en rit plus fort que de la précédente, pourtant quelque chose clochait, Chabrier ne se déridait pas. Il eut alors un affreux doute.

— Vous me faites une farce, elle est… horrible ?

— C'est Lara Croft, en chair et en os.

— Bigre ! Mais alors, votre gueule de chanoine en patin à glace ?

— Vous verrez vous-même commissaire, mais si je peux me permettre un conseil, lisez son dossier avant toute autre chose.

Giachetti rejoignit son bureau, une jeune femme l'y attendait, Chabrier avait raison, elle était ravissante, non, ce n'était pas le mot, elle était splendide. En une seconde, il regretta d'être marié, fidèle et proche de la retraite. Elle se leva, il se présenta.

— Soyez la bienvenue et excusez-moi de vous accueillir sommairement, on ne m'a prévenu de votre arrivée qu'à l'instant, je n'ai pas eu le temps de lire votre dossier.

Il sourit, elle resta de marbre, il s'assit et commença la lecture. Marie-Ange le surveillait, attendant l'inévitable réaction. Elle ne se fit pas attendre, Giachetti changea de visage, elle comprit tout de suite qu'il relisait deux fois de peur de s'être trompé. Puis, il releva la tête et la regarda longtemps, très longtemps, consterné, hésitant sur ce qu'il allait dire. Elle le laissa faire sans complaisance, elle voyait bien qu'il cherchait le mot exact, la formule la moins blessante et elle lui en sut gré.

— Je suis désolé.

— Pas moi, répondit-elle en plantant ses yeux dans les siens. Vous n'êtes responsable de rien et je suis là pour travailler.

— Vous êtes une femme décidée, ça facilitera votre intégration dit-il avec une certaine admiration.

Chapitre 13   La remplaçante

— Je n'ai peur de rien commissaire, ni des hommes, ni des cons.

Giachetti ne voyait que trop à quoi elle pouvait faire allusion.

— Il n'y en a pas ici capitaine, du moins pas à ma connaissance. Si vous pensiez à vos précédentes affectations, je peux vous garantir que vous n'aurez pour collègues que de parfaits gentlemen.

Marie-Ange ne répondit pas. Il désigna le dossier.

— Vous avez dû en rencontrer beaucoup, … des cons !

— Et des salauds aussi. Vous êtes le premier commissaire qui me regarde poliment, surtout après avoir pris connaissance de mon dossier professionnel.

Giachetti était un homme bien, il imagina ce que la jeune femme avait pu subir. Si au moins elle avait été moins belle, ou mariée ! Heureusement, il était sûr de son personnel, sauf de Dargier et encore. Il s'efforça de la regarder droit dans les yeux, c'était difficile avec autant de raisons de ne pas le faire.

— C'est le moins que vous puissiez attendre de moi, si on n'a pas confiance dans son commissaire, autant changer de métier.

Elle confirma en hochant la tête. Giachetti était furieux contre Chabrier qui aurait pu le prévenir, il se leva, jambes flageolantes, peau moite. Elle fit de même, l'épreuve n'était pas finie.

— Il faut que je vous présente à vos collègues.

— C'est inévitable.

— Vous allez rire, nous avons déjà un Maigret !

— Avec moi, ça fera deux sujets de plaisanterie !

Tout le monde se rassembla dans la salle de conférence, Giachetti demanda le silence et alla droit au but.

— Je vous présente la remplaçante de Bonnaz, le capitaine Marie-Ange Saloppe.

Il y eut des regards amusés, les hommes détaillèrent sa chevelure flamboyante et surtout sa poitrine, les femmes admirèrent sa minceur, son allure sportive, sa taille. Marie-Ange attendit que ça passe, cela faisait des années qu'elle subissait ce rite humiliant. Tout le monde resta parfaitement correct, même Dargier.

Giachetti voulut écourter la cérémonie mais elle demanda la parole.

— Mon patronyme est souvent l'objet d'une confusion, dit-elle d'une voix sobre. On conjecture sur son origine en supputant quelques talents particuliers aux femmes de notre famille, je souhaite

Chapitre 13 La remplaçante

vous détromper. Mon nom est aussi fréquent en Picardie que les Van De Pute en Hollande, il a pour origine la contraction du mot « sale » et du mot «hoppe », forme archaïque de «huppe», l'oiseau qui souille les façades, nous sommes donc très loin des fantasmes masculins. Je conclurai en vous apprenant qu'il y a 748 personnes de ce nom en France, dont deux sont médaillés de la légion d'honneur.

A l'évocation des fantasmes masculins, tout le monde s'était tourné vers Dargier, les rieurs semblaient gentils, Marie-Ange se sentit moins oppressée. Giachetti l'accompagna jusqu'au bureau de Bonnaz, qui allait devenir le sien.

Jérôme était tétanisé, il avait lui aussi détaillé les merveilleux appâts, désormais encore embellis par la révélation d'un nom où, comme tout un chacun et malgré l'avertissement, il soupçonnait une longue génération de courtisanes. Quel difficile héritage à porter pour une femme aussi belle ; du coup, sans la connaître, elle lui devint plus sympathique. En plus, il allait faire équipe puisque c'est elle qui allait le former.

Chapitre 14 Enquête

Ce qui alerta Marcel Paret c'est l'odeur, une odeur ammoniaquée, comme celle des anciennes vespasiennes qui fleurissaient sur les trottoirs dans sa jeunesse. Il s'approcha de la voiture, un beau cabriolet de sport abominablement souillé de déjections humaines. « *C'est pas normal* », se dit-il en sortant du parking, « *je vais prévenir les agents* ».

Marie-Ange consulta le fichier des cartes grises, aucune voiture portant ce numéro d'immatriculation n'avait été volée, c'était bizarre, elle en parla à Giachetti qui regarda le nom du propriétaire, Pascal Carette. Il hocha la tête gravement.

— C'est un petit truand qui vit de trafics divers. Il faut aller voir la voiture puis le convoquer, emmener le stagiaire.

— D'accord.

Giachetti poussa un soupir, plus elle serait sur le terrain, moins la torpille serait dangereuse. Tout le personnel masculin du commissariat subissait le charme du capitaine, il en tremblait. Maigret et Saloppe, une sacrée blague ! « *Dites donc Maigret, vous êtes là pour apprendre le métier, pas pour rêvasser ...* » Jamais il ne pourrait engueuler le stagiaire de cette façon, ce serait aussi grotesque que de faire le catéchisme à Jésus. Avec la nouvelle, le problème était encore plus épineux. S'il l'appelait

Chapitre 14 Enquête

Marie-Ange, il faudrait étendre cette familiarité à tout le commissariat, il se refusait à appeler Chabrier *mon petit Robert.* S'il disait *chère collègue* ça ferait obséquieux. Pourquoi n'avait-elle pas un physique anonyme ? Marie-Ange dégageait un tel magnétisme sexuel qu'il se sentait frappé d'imbécillité à sa seule vue, sa beauté aurait suffi à réveiller tous les volcans d'Auvergne, il avait l'impression de bander dès qu'elle entrait dans son bureau.

Jérôme s'efforça de dissimuler son plaisir et lui ouvrit la porte avant de s'installer derrière le volant. Dès le coup de démarreur, il eut droit à son premier reproche.

— Si nous devons faire équipe, il faudra changer de tenue, c'est un peu vieillot la veste et le col roulé.

Il lui jeta un regard en biais. Avec son cuir huilé, ce pantalon moulant et un blouson cintré, elle faisait plus chanteuse de hard rock qu'officier de police.

— Dans ce métier, il faut parfois savoir réagir vite, bouger, courir.

— Nous allons juste examiner une voiture volée abandonnée dans un parking ! se défendit-il.

— Il faut toujours être prêt à tout. Quand nous serons sur place, j'écouterai vos observations et vous dirai ce que j'en pense. Puis, devançant la question : Appelez-moi capitaine.

Il leur fallut peu de temps pour rejoindre le Prisunic. Jérôme fit le tour du véhicule et l'inspecta soigneusement. Il n'y avait pas de trace de sang, ni de violence, carrosserie intacte, c'était bizarre qu'un véhicule de ce genre soit abandonné sans que personne ne signale sa disparition, elle était presque neuve et d'un modèle couteux.

— Alors, vos conclusions ?

— Il faut faire venir l'INPS, par précaution.

— Je suis d'accord.

Les techniciens de la police scientifique firent les relevés d'usage: empreintes digitales, analyse des sièges et de la moquette au luminol. Ils ne trouvèrent rien de particulier sauf que c'était de l'urine humaine qui souillait la voiture, et non celle de chats errants, comme les deux flics l'avaient d'abord cru. Les empreintes furent soigneusement étudiées. Outre celle du propriétaire, ils en relevèrent trois autres qui ne figuraient pas dans le fichier central. Carette fut convoqué. Le planton l'envoya devant le bureau de Marie-Ange qui le fit patienter de longues minutes avant de le faire entrer.

— Vous êtes bien Pascal Carette, propriétaire d'une voiture de marque BMW, modèle Z4 et immatriculée CT–411–GY?

Chapitre 14 Enquête

L'autre confirma.

— Pourquoi ne pas avoir signalé à la police le vol de votre voiture ?

— Parce qu'on ne me l'a pas volée.

— Si c'est le cas, vous savez où elle est actuellement.

— Non, je l'ai prêtée à un ami.

— Il faut croire qu'il est peu soigneux. Votre voiture est dans un parking de supermarché, des chats y ont élu domicile, elle est un petit peu sale.

Carette ne broncha pas.

— Il s'appelle comment cet ami ?

— Tony Garant.

— Et il habite où ?

— Je le préviendrai moi-même. C'est tout ? Je peux m'en aller ?

— Dès que vous m'aurez donné son adresse.

Carette cracha par terre, Marie-Ange fit signe à Jérôme de rester calme.

— Dix-huit rue de Marseille. Je peux partir maintenant?

— Non. Jérôme, c'est à ton tour.

Jérôme prit la suite, sous le regard amusé de Marie-Ange, curieuse de le voir à l'œuvre.

— Monsieur Carette, quel est votre métier ?

— Je suis diplômé en sciences économiques. Je ne vois pas en quoi ça vous intéresse.

— Simple curiosité. Pourquoi ne nous avez-vous pas demandé de quel parking il s'agissait, vous ne comptez pas récupérer votre voiture ? Remarquez, vu l'état du véhicule, il est probable que votre ami ne sache pas lui-même où elle est. Mais puisqu'elle n'a pas été volée …

Les plus beaux yeux du monde affichèrent une certaine surprise, il prenait sa première enquête à cœur, le petit stagiaire ! Carette lui jeta un regard mauvais, le regard d'un tueur. Marie-Ange s'assura que son arme de service était à sa place.

— Dites toujours.

— Allez faire un tour dans le parking du Prisunic.

Carette voulait récupérer sa voiture, il se rendit au parking du Prisunic et contempla le désastre avec une rage folle. La béhème puait la pisse, tous les chats du quartier avaient dû s'y donner rendez-vous. Bien entendu, l'enveloppe avait disparu et avec elle, le fric. Il sortit son portable. Garant fit diligence. Il contempla les dégâts sans un mot, devinant que ce serait lui qui aurait la désagréable corvée de ramener la voiture.

— Ce sont des petits voyous du quartier qui ont fait le coup, ils voulaient juste s'offrir une ballade en voiture de luxe et se moquer du propriétaire en pissant dedans. De véritables voleurs auraient essayé de la revendre. Ça ne devrait pas être trop dur de les retrouver.

Garant approuva.

— Tu les as vus ?

— Non, mais on va leur tendre un piège. Tu vas nettoyer la bagnole, puis tu la gareras pas très loin du P'tit Bar, les clés en évidence, pour qu'ils la volent une seconde fois.

— Ça ne marchera jamais.

— Tous les cons pensent que les autres le sont encore plus qu'eux, ils recommenceront, mais cette fois tu les suivras. Je veux savoir où ils crèchent.

Chapitre 15 Seules

Zoya attendait à côté de la voiture, elle vit tout de suite qu'il avait une drôle de tête.

— Je ne peux pas vous ramener, j'ai un conseil de classe, fit-il sur un ton d'excuse.

Elle s'étonna :

— Je croyais qu'ils étaient dans la journée.

— Pas toujours, entre le représentant des parents d'élèves et celui de la mairie, trouver l'horaire idéal est difficile. Je suis désolé.

Zoya pâlit, ne répondit rien, et rejoignit l'arrêt de bus.

En voyant qu'elle était seule, Aïcha se décomposa, les deux filles rentrèrent, Zoya affichant une assurance qu'elle était loin d'éprouver.

Ben Schaouif était devant l'immeuble. Les deux filles sentirent la peur les paralyser.

— Alors les pouffes, on se promène ?

Zoya fit comme si elle n'entendait pas. La porte de l'immeuble était là, à quelques mètres, et derrière elle, la sécurité de la maison. Aïcha lui agrippa le bras et s'y cramponna. Les trois voyous les laissèrent passer mais leur emboîtèrent le pas.

— Tu sais qu'tu m'plais, Aïcha? dit Sembene Kalala. J'recommencerais bien, pas toi ?

Quand elle vit qu'il attrapait Aïcha, Zoya l'agonit d'injures.

— Touche pas à ma sœur, sale porc !

Tout alla très vite. Kalala la poussa violemment contre le mur, Zoya trébucha, son front heurta l'angle saillant d'une boite-aux-lettres, elle tomba et

Chapitre 15 Seules

se prit la tête à deux mains, la peau de sa tempe éclatée. Kalala la roua de coups, Aïcha hurla, personne ne vint. Un coup de pied, plus violent que les autres, projeta la tête de la jeune fille contre la maçonnerie. Elle vit les voyous entraîner sa sœur dans les caves et perdit conscience.

Quand elle retrouva ses esprits, sa première pensée fut pour Aïcha. Elle se releva, une odeur de sang dans la tête, et descendit en titubant dans les sous-sols. Aïcha était prostrée dans le noir, la respiration saccadée. Zoya s'accroupit et la prit dans ses bras.

— J'ai mal Zoya, tellement mal.

Les pleurs se muèrent en gémissements.

— Pourquoi c'est à moi qu'ils s'en prennent ? Pourquoi pas à toi ? Qu'est-ce que je leur ai fait ?

Elles restèrent serrées l'une contre l'autre, longtemps, des heures peut-être, assises sur le sol humide et froid. Aïcha pleurait en silence, Zoya brûlait de haine et ruminait de sombres pensées. Tout était difficile, si encore elle avait eu un petit ami mais non, les garçons de son milieu étaient arrogants, ils considéraient les filles comme des êtres inférieurs.

— Il faut remonter ma puce, on ne peut pas rester là toute la nuit. Viens.

Quand elle ralluma, Aïcha poussa un cri, Zoya étaient défigurée par deux gros hématomes, l'un à la tempe, l'autre sur le sommet du crâne, sans parler des traînées de sang qui souillaient sa chevelure et maculaient ses joues. Elle tenta de se relever mais une horrible douleur au ventre la plia en deux.

Gravir l'escalier fut un supplice, affronter sa mère une épreuve. Á la vue de sa fille aînée, madame Benazouz poussa des hurlements. Zoya la fit taire avec brutalité.

— Je me suis fait agresser maman, ça ne sert à rien de crier.

Tournant en rond sur elle-même, madame Benazouz ne prêta aucune attention à Aïcha qui disparut dans sa chambre. Alerté par les cris, son père arriva, très inquiet, et joignit ses lamentations à celle de sa femme.

— Ils ne t'ont pas violée, au moins ?

Zoya mentit pour protéger sa sœur.

— Si.

— Ah quel malheur, quel grand malheur ! gémit la mère en s'arrachant les cheveux et en se griffant le visage. Puis, méchamment : C'est de ta faute, tu t'habilles comme une prostituée, ça devait arriver.

La jeune fille releva la tête et répliqua d'un ton glacial :

Chapitre 15 Seules

— Toutes les musulmanes qu'on marie de force se font violer maman, avec le consentement de leur famille !

— Tu dis des horreurs !

— Va-t-en. J'ai assez mal comme ça, laisse-moi me soigner seule.

La salle de bain était minuscule. Zoya s'assit par terre, essayant de ne penser à rien. Ses nerfs craquèrent et elle se mit à pleurer, silencieusement. Au bout d'un long moment, quelqu'un gratta à la porte, Zoya laissa entrer et sa cadette qui vint se blottir contre elle, malgré l'exiguïté des lieux.

— Merci, dit-elle, aussi bas que c'était possible.

Zoya eut un petit haussement d'épaule, le désespoir était là.

— Ça ne peut pas continuer Zoya, sinon je me tuerai, c'est facile, je n'ai qu'à sauter.

— Tais-toi, je suis ta grande sœur, je vais réfléchir, trouver une solution. Je te protégerai.

— Pourquoi monsieur Sergier n'est pas venu?

Zoya ne répondit pas, elle avait surpris les regards du prof, elle connaissait ça ; tous les hommes sont des salauds, elles étaient seules.

Ce fut Aïcha qui la soigna, nettoya le sang, désinfecta les plaies, enduisit de pommade les bleus et banda les cuisses. Il faudrait plusieurs jours pour que ça passe.

Les Benazouz tinrent conciliabule, puis Zoya vit entrer son père. C'était un homme fatigué, doux et désarmé devant la violence. Il ne lui fit aucun reproche mais s'assit sur le lit et lui prit la main.

— Il faut te marier ma fille, tu en as l'âge depuis longtemps. Si tu veux, je téléphonerai à nos cousins.

Zoya aimait et respectait son père, mais elle lui tint tête.

— Il n'en est pas question.

— Tu es impure à présent.

— Je ne suis pas impure papa, je suis la même.

— *Amr bil ma'roûf wan nahyi 'anil mounkar* fit-il tristement.

Zoya comprenait mal l'arabe, pourtant elle connaissait cette maxime, « *la vie est une rose dont chaque pétale est un rêve et chaque épine une réalité* ».

— Tu veux que j'en parle à l'imam ?

— Non.

— Alors tu veux que j'aille à la police ?

— Ça ne servirait à rien.

Chapitre 15   Seules

La situation lui échappait, c'était Aïcha la victime mais c'était elle qu'on allait marier de force. Sa mère la harcèlerait jusqu'à ce qu'elle cède, *« une fille n'a pas à être instruite, elle doit rester à la maison et s'occuper de ses enfants.... »* « *L'instruction, ça rend libre maman* ». A condition de réussir ses études et elle en était loin !

Les deux filles passèrent une soirée lugubre. Vers quatre heures du matin, Zoya entendit qu'on grattait à la cloison. Elle se leva et rejoignit Aïcha.

— J'ai mal.

Poire vaginale et autres spermicides ne font pas partie de la pharmacie d'une musulmane, Zoya lui expliqua la pilule du lendemain.

— Ainsi, tu seras sûre de ne pas être enceinte.

Aïcha sanglota et répéta sa menace.

— S'ils recommencent, je me jetterai du toit pour être sûre de ne pas me rater.

— Tu n'en auras pas besoin, car c'est moi qui les tuerai avant.

Chapitre 16   Fait divers

Le cadavre du norvégien venait d'être découvert ; en fait, il s'agissait plutôt de restes calcinés, le feu avait fait son œuvre, puis les animaux nécrophages, bref, il ne restait pas grand-chose. La scène du crime fut passée au peigne fin, puis abondamment photographiée, enfin les restes du corps furent évacués à l'institut médico-légal et immédiatement analysés sous l'œil intéressé de Jérôme et celui plus blasé de sa supérieure qui en profita pour vérifier ses connaissances.

— Quel est le but de ces examens ?

— Identifier les causes de la mort et tenter de reconstruire l'identité de la victime en examinant les pièces osseuses, longueur des os, forme du crâne, etc... qui seront comparés aux fiches anthropométriques signalant une disparition. Dans le cas de notre victime, la putréfaction est bien avancée mais il reste suffisamment de chairs pour faire des prélèvements d'ADN qui s'ajouteront aux caractéristiques morphologiques relevées.

— Bien, et combien trouve-t-on de cadavres non identifiés par an?

— Plus d'une centaine, surtout des femmes.

— C'était un homme, intervint le médecin, la taille du bassin est plus évasée chez les femmes.

Ce disant, il jeta un regard admiratif sur les hanches de Marie-Ange, qui compléta sèchement.

— Il n'y a pas que le bassin, les empreintes musculaires sont moins marquées chez les femmes, et la forme du crâne plus fine, bref c'est facile à voir. Quel âge avait-il ?

Le toubib retint un petit sourire moqueur et répondit.

— Si j'en juge par la soudure des pièces sternales et les sutures crâniennes, votre homme avait entre trente et quarante ans.

— Vous ne pouvez pas être plus précis?

— Il ne reste plus grand-chose, capitaine ! Les modifications physico-chimiques liées à la mort sont impossibles à analyser puisque la carbonisation a détruit tous les éléments morphologiques identifiables tels que la rigidité cadavérique. Quant aux dents, leur couronne se fissure vers 230° centigrade et éclatent aux alentours de 400° mais vu que votre cadavre a été carbonisé avec du carburant de voiture, l'incendie s'est donc vite éteint et elles sont là, intactes mais muettes. Si la peau n'avait pas été carbonisée, ce serait un indice précieux, notamment pour savoir si le corps a été déplacé ; mais là, tout examen est impossible.

Jérôme afficha une certaine surprise.

— On peut savoir si un corps a été déplacé?

— Oui, c'est la méthode d'analyse des lividités gravitationnelles. Le sang d'un cadavre ne coagule pas et quitte les petits vaisseaux dont la paroi devient perméable. Sous l'effet de la gravitation, le sang d'une victime allongée s'accumule, s'immobilise et persiste sous la peau comprimée des parties les plus basses. Une observation minutieuse permet de s'en rendre compte. Pour en revenir à la date exacte de la mort, je suis désolé mais je n'ai qu'une fourchette à vous offrir, entre quatre et dix jours. Je ne peux pas étudier la déshydratation du contenu cellulaire, pas plus que l'effet de l'autolyse sur les insectes nécrophages!

Marie-Ange afficha une petite grimace qui ajouta à son charme, et, une fois de plus, le scientifique n'y fut pas indifférent.

— Il reste un examen, assez rare il est vrai, mais intéressant, celui des pontes d'œufs de mouches. On commence par identifier les insectes qui ont pondu dans les restes et on détermine leur stade de développement.

— Et ça marche? S'étonna Jérôme.

— Plus ou moins, car la température modifie sensiblement la durée d'un cycle de développement. L'incubation des œufs de mouche dure environ vingt-quatre heures ; or, la présence de larves de différentes tailles, dont une grande partie parvenues à maturité, permet d'affirmer qu'il y a eu plusieurs pontes successives. Les larves les plus âgées servent d'indicateurs. Si aucune pupe vide n'a été trouvée, il s'agit de la première génération de cette espèce colonisatrice, donc la mort est récente. Au contraire, l'observation de pupes fraîches et d'autres vides indique, une succession de générations, donc la mort est plus ancienne. Il suffit de compter, mais la marge d'erreurs est importante.

— Et la cause de la mort?

— Une légère entaille sur le sternum permet de supposer qu'on l'a poignardé.

Les deux flics rentrèrent au commissariat.

Giachetti luttait avec courage contre ce qu'il convient d'appeler une fascination. Sa nouvelle subordonnée était décidément beaucoup trop belle, il ne s'adressait à Marie-Ange qu'entre deux couloirs, gardant toujours les yeux à la bonne hauteur. Dieu merci, elle était froide comme la banquise.

— Alors, le nouveau, qu'en pensez-vous ?

— Moi en cuir, lui en imperméable à la Colombo, ça fait un peu *« vise la tronche des deux cons »*, mais il fait des efforts.

— Heureusement qu'il n'est pas natif de Biarritz, il se baladerait en béret basque!

Marie-Ange sourit.

— Il y autre chose commissaire, et plus grave, il sort sans son arme de service.

Giachetti se fâcha et interpella Jérôme violemment.

— Vous êtes fou ou quoi ? Vous avez peur de déformer vos précieuses poches? De salir votre trench-coat? Si vous êtes non violent, il ne fallait pas entrer dans la police, c'est encore cette manie de vouloir ressembler à l'autre, mais regardez-vous mon vieux, vous avez la tête d'un ange.

— Je tire très mal, commissaire, donc elle me serait de peu d'utilité.

— Vous vous entraînerez, c'est un ordre, le capitaine Saloppe a parfaitement raison et... Oh, pardon !

— Je vous en prie.

Giachetti tourna sa colère contre Jérôme.

— Non seulement vous porterez votre flingue, mais puisque vous êtes mauvais, nous irons nous entraîner ensemble, tous les deux, et si vous ne faites pas de progrès, je vous botte le train, même si c'est interdit par le règlement, compris ?

— Je vous promets de faire des efforts, l'odeur de graisse brûlée n'est pas si désagréable, j'imaginerai que je tire sur des indiens.

Giachetti s'adressa à nouveau à Marie-Ange.

— Autre chose ?

— Oui. Jérôme est très observateur et il a un sens du détail qui en fait un auxiliaire précieux. Il a eu l'idée de consulter le listing des contraventions pour excès de vitesse. La Z4 a été flashée trois fois en moins d'une heure, probablement le jour du vol. Carette a payé les trois amendes mais, et c'est là que ça devient intéressant, ce n'est pas lui qui conduisait, Jérôme a eu l'idée d'observer les photos, il y avait trois individus mais aucun ne lui ressemble, ni à ni Tony Garant. La voiture a donc bel et bien été volée, la question est donc de savoir pourquoi il ne l'a pas déclaré.

— Je vais essayer de les identifier, renchérit Jérôme. On a déjà leurs empreintes et même si les photos des radars ne sont pas bonnes, les commerçants du quartier les reconnaîtront peut-être.

— Il y avait un jerrican dans le coffre.

— C'est un détail.

— Qui sait, l'arbre cache peut-être la forêt.

Pourquoi toujours ce ton glacial ?

Chapitre 17   Déprime à nouveau

Depuis plusieurs jours, personne ne l'attendait à côté de la petite Fiesta, Jean Pierre était déprimé, il se sentait inutile, comme un pneu trop peu gonflé pour tenir la route. Tenter de se raisonner n'aboutissait à rien, son intervention dans le P'tit Bar lui avait valu de faire la connaissance d'une fille magnifique, hélas il avait le double de son âge et gardait suffisamment de fierté pour ne pas sombrer dans le ridicule de s'accrocher, d'ailleurs c'est elle qui l'avait laissé tomber. L'envie de disparaître le taraudait à nouveau, à quoi bon vivre dans un univers aussi glauque, tout le monde contredisait tout le monde, les extrêmes tenaient le haut du pavé, les prises de position se radicalisaient et personne ne savait ce qu'il fallait faire pour remettre le pays en marche.

Il attendit un peu, guettant la silhouette de Zoya, puis démarra et s'engagea dans la circulation urbaine, toujours aussi dense.

L'avenue Berthelot était très encombrée, il fut bloqué à chaque feu, observant les gens sur les trottoirs, lisant les gros titres des journaux, imaginant son nom dans les faits divers. Combien y avait-il de suicides par an ? Des milliers sans doute. Le dépressif éprouve toujours de la honte, ça le pousse à donner le change, il en était là. Le souvenir de Zoya se pressant contre lui pour le faire taire devenait une souffrance.

La solution était simple, revenir à sa première idée. A défaut de mourir pour une belle fille, ça serait pour un obèse sympa ; si les trois voyous revenaient mettre le souk dans le petit bar, il s'y

Chapitre 17 Déprime à nouveau

opposerait et au moins ne passerait pas pour un vicieux. L'avantage de mourir d'un coup de couteau, c'est que ça va vite, l'hémorragie vous vide en quelques secondes.

Perdu dans ses fantasmes morbides, il s'aperçut qu'il avait pris sans s'en rendre compte la direction du collège d'Aïcha. Une fois arrivé, il épia la sortie des élèves, en vain. L'idée d'aller aux nouvelles l'effleura, mais il se sentit stupide et remit son moteur en marche.

Le patron lui fit un grand sourire. Il s'installa pour corriger ses copies. C'est alors qu'entra Tony Garant, il avait garé la Z4 comme lui avait indiqué Carette et s'installa pour attendre, maussade. Il ne croyait pas que le stratagème fonctionnerait.

Vers dix-huit heures, le bistrot commença à se remplir, Garant regarda distraitement autour de lui et remarqua un individu suspect sur le trottoir d'en face, un jeune black, le voleur peut-être. Puis trois petits loubards de banlieue entrèrent bruyamment, dont un obèse. L'air arrogant, ils s'installèrent au flipper, avant de s'en prendre au prof qui devait être habitué à ce genre de provocation car il les regarda s'asseoir en face de lui sans réagir, et se remit à ses copies. Garant retint son souffle, il connaissait ce genre de situation, les trois types cherchaient la bagarre. Il en oublia de surveiller la béhème.

Tout alla très vite, l'obèse renversa le verre du prof qui retira ses copies d'un geste brusque et souleva la table de façon à ce que la bière coule dans la bonne direction. Le gros était déjà en train de rigoler en regardant ses copains quand il sentit son entre-jambe se mouiller, il comprit et se leva.

— Sale bouffon, j'vais t'viander ! hurla-t-il.

Ses copains se bidonnaient mais la situation s'inversa. Le jeune black du trottoir entra et se jeta dans la bagarre. En une seconde, le nez du gros explosa, Kalala n'avait plus de couilles et Toussaint cherchait sa mère. Puis, le jeune black sortit un couteau. Garant n'en croyait pas ses yeux, qui était ce type?

L'obèse se tenait le pif, la main dégoulinante de sang, la tête en arrière. Kalala était cassé en deux et Toussaint rampait sous les tables.

— Patron, appelez les flics, gueula un des clients.

— Non, tout ira bien, hurla le prof, j'en réponds ; puis, s'adressant à celui qui tenait le couteau : Aziz, laisse-les, ils ont leur compte.

Donc, ils se connaissaient tous! Garant ne pensait plus du tout à surveiller la voiture. Dans le bar, c'était la stupeur. Le jeune black désigna la porte d'un coup de menton, les trois types sortirent en proférant des injures.

Chapitre 17 Déprime à nouveau

— Mais c'est Chicago, ce bar, pensa Garant, amusé et curieux de savoir la suite.

— Vous voyez, c'est fini ! dit le prof. Aziz est de mes élèves, ce n'est pas un voyou, comme les autres.

Le patron opina, soulagé. Le prof et le jeune se regardèrent longuement, les yeux dans les yeux, Garant était subjugué. Soudain, il reconnut le bruit familier du moteur de la béhème. Il bondit, sauta dans sa propre voiture et commença à pister les trois voyous.

Omar conduisait comme un fou, vert de rage. Il roula une bonne demi-heure sans direction précise, puis se calma.

Garant les suivait à distance. Quand la voiture s'immobilisa sur une espèce de terrain vague, il s'arrêta et appela Carette.

— Je suis boulevard des Etats-Unis, derrière une barre d'immeuble, au 80. Ils sont en train de descendre. Je vais les suivre.

Omar, ruminait de sombres projets de vengeance. Son nez lui faisait mal, il était furieux.

— On pisse à nouveau ? demanda Ben.

— Non.

— Moi, je pisse quand même.

Toussaint se débraguetta. Il visa, le jet d'urine fit une jolie courbe avant d'atteindre le siège avant. Ça amusa Omar qui se dérida et sortit sa bite.

Garant observait les trois minables en pensant à Carette et à la rage qu'il allait ressentir. Avec quel plaisir il les castrerait tous les trois!

Finalement, les trois types s'éloignèrent en abandonnant la voiture. Ils contournèrent la barre d'immeuble, prirent l'avenue et entrèrent dans un petit supermarché de quartier. Garant attendit, dissimulé derrière un arbre. Le trio ressortit, quelques minutes plus tard. Garant continua à les pister, il n'eut pas à aller très loin. Un ilot d'habitats anciens faisait tâche au milieu des grands ensembles, c'est là que se dirigeaient les voyous. Il y avait une maison d'apparence abandonnée, ses volets étaient fermés et à sa façade délabrée. Elle possédait une cour que fermait un portail en fer. Celui-ci était entrouvert et ses gonds, bloqués par la rouille, étaient inopérants. Toussaint et Kalala passèrent sans difficulté, pour Ben Schaouif, ce fut plus laborieux. Ils devaient squatter là. Garant attendit encore une heure pour être sûr et rejoignit sa voiture. Carette serait content.

Chapitre 18 Sympathie

Le 8ème arrondissement était un assemblage hé-hétéroclite de jolies rues commerçantes et d'îlots lépreux. Des barres d'HLM avaient été rajoutées dans les années soixante-dix, lorsqu'on construisait dans l'urgence. Marie-Ange et Jérôme commencèrent par le prisunic. Hélas, aucune des caissières ne se souvenait des visages flashés par le radar. Ils continuèrent leur enquête toute la matinée, en vain. A midi, Jérôme proposa une pause, Marie-Ange accepta.

— Je vous invite? Vous préférez quoi, capitaine, les Mac-Do ? Les grecs ? Un petit restau ouvrier sans prétention ? Un trois étoiles ?

Elle le regarda, amusée.

— Vêtu comme vous êtes, le maître d'hôtel vous jettera dehors en vous prenant pour un clodo.

Il rit de bon cœur.

— On ne peut même pas lui dire qu'on est flics tous les deux. Si je sors ma carte et qu'il voit mon nom, il me prendra pour un comédien de cinéma et croira à une caméra cachée.

— Surtout si, ensuite, je sors la mienne !

Elle avait répondu sans réfléchir et s'en étonna, c'était le côté vieille France de Jérôme qui en était responsable, ça réveillait sa féminité et décongelait ses hormones ; somme toute c'était agréable !

Ils allèrent dans un petit restau à l'ambiance chaleureuse et au service efficace. Marie-Ange se sentait bien, ça la poussait aux confidences, à l'envie de faire mieux connaissance.

— Ça doit faire drôle de faire carrière comme officier de police quand on s'appelle Maigret, pour peu que vous ne mettiez que l'initiale de votre prénom, la confusion serait totale.

— Maigret n'est pas tout à fait mon vrai nom, c'est le nom de ma mère. Accolé à celui de mon père, ça donne Leflère-Maigret,et, quitte à être ridicule, j'ai choisi de le raccourcir. Quand j'étais petit, tout le monde me demandait de résoudre des enquêtes, la disparition d'un taille-crayon, du programme télé, j'ai fini par rentrer dans la peau du personnage. J'ajoute que je crois profondément qu'il n'y a pas de société évoluée sans ordre, l'ordre passe par la loi, la loi par ses représentants. Les servitudes ne me rebutent pas, j'aime être au contact du public ; venir déposer une plainte ou un témoignage, c'est un peu raconter sa vie, je les écoute, j'enregistre et je deviens une sorte de confesseur. Il y a de la religiosité dans ce rapprochement de celui qui souffre et de celui qui est là pour l'aider, cet aspect philanthropique du métier d'officier de police me passionne. Par ces humbles tâches, je deviens un

Chapitre 18 Sympathie

rouage de la protection des droits de l'homme, minuscule peut-être, mais indispensable car, comme disait Saint-Exupéry, une simple sentinelle est responsable de tout l'empire.

Marie-Ange sourit, puis applaudit. Il se vexa.

— Vous me trouvez naïf. Mon enthousiasme vous semble puéril.

Elle ne répondit pas. Ils mangèrent en silence, chacun regardant son assiette, puis Jérôme releva les yeux. Il n'avait pas d'idée préconçue sur la beauté féminine quoique, si on devait le pousser dans ses retranchements, il préférait les beautés brunes de type Andalou. Là, tout était sans défaut, une chevelure chatoyante, un ovale pur, des yeux légèrement bridés avec un iris bleu clair, des lèvres fines, un menton déterminé.

Il avait l'air malheureux, elle s'excusa.

— Je ne voulais pas vous blesser. En fait, j'ai ri de moi, je me disais que si mon nom de famille avait dû déclencher une vocation, je serais devenue pute de luxe dans un bordel huppé.

— Et je ne vous aurais jamais rencontrée !

Cette réponse, aussi franche que spontanée, l'attendrit. Elle filtra son regard pour imiter les femmes fatales d'Hollywood, puis se trouva ridicule et répondit sur un ton sérieux.

— A moins de sacrifier vos économies ! Bon, de toute façon ce n'est pas le cas et nous avons du travail, on y va ?

— Je n'ai pas bu mon café.

— Dépêchez-vous.

Elle s'appuya contre le dossier et s'étira, elle se sentait heureuse, elle avait oublié comme c'était bon.

Chapitre 19   Engrenage

Á peine l'agression terminée, Aziz avait disparu, et Jean Pierre était resté avec ses copies tachées, se demandant comment il allait expliquer ça à ses élèves.

Le lendemain, Aziz se montra égal à lui-même, silencieux et attentif. Á la fin du cours, Jean Pierre hésita une seconde de trop, déjà le garçon était loin. Que cachait cette incapacité à communiquer ? Il fallait le savoir, le mieux était d'interroger le proviseur. Celui-ci ne se montra pas surpris.

— Aziz a subi des traumatismes graves, à sa place nous serions tous perturbés. Il est passé d'un monde à un autre en quelques semaines et quand je dis monde, planète, voire galaxie, seraient des termes plus appropriés. Je n'ai pas le droit de vous

Chapitre 19 Engrenage

en parler car cela fausserait votre jugement et, intuitif comme il est, il s'en rendrait compte. Sachez seulement qu'il a la même difficulté à communiquer avec tous vos autres collègues. Il ne parle ni en maths, ni en physiques, mais il fait tous les exercices avec un rare brio, les autres professeurs le considèrent comme une sorte de surdoué dans les matières scientifiques.

— Pourquoi est-il inscrit en première L ?

— Parce que c'est lui qui en a fait la demande, mais pour lui, les mots sont inutiles, il peine à croire dans leur valeur. Voyez-vous Sergier, il vient d'un monde que vous ne soupçonnez pas.

— L'autre galaxie ! Ce qui est sûr, c'est que ce gamin aime la littérature, il réagit plus vite que les autres.

— Les gens qui nous l'ont envoyé nous ont prévenus de son intelligence exceptionnelle, il excelle en math et en physique, comprend parfaitement l'espagnol, un peu moins l'anglais où sa grammaire est déplorable, mais son oreille est parfaitement formée. Je vous jure que si je pouvais vous en dire plus, je le ferais.

Jean Pierre sortit de cette entrevue bien décidé à avoir une conversation avec Aziz. Il s'en donna l'occasion en lui tendant une espèce de piège. C'était à la fin du second cours de l'après-midi, vers seize heures, il se posta près de la porte pour l'intercepter. L'adolescent ne chercha pas à s'esquiver, Jean Pierre alla droit au but.

— Merci, sans vous je ne serais peut-être pas là aujourd'hui ?

Aziz le regarda, mais aucun mot ne sortit de sa bouche.

—Pourquoi étiez-vous sur le trottoir ? C'est un hasard ou est-ce que vous me suiviez ?

— Un hasard.

Jean Pierre lui raconta en termes concis comment il avait fait la connaissance des trois individus alors qu'ils agressaient deux filles et comment il avait pris leur défense.

—J'ai juste fait semblant d'appeler la police et ça a marché. C'est pour ça qu'ils ont voulu se venger de moi.

— Vous allez y retourner ?

— Bien sûr, c'est un peu comme chez moi là-bas. Quand je corrige, les gens me demandent si c'est bon, si mes élèves sont gentils. Ils sont contents de me parler. ... J'achèterai un couteau.

Aziz sourit.

*
**

Chapitre 19 Engrenage

Jean Pierre rejoignit sa voiture, bien décidé à ne rien changer à ses habitudes. Zoya était là. De loin il ne vit pas qu'elle était blessée, mais de près, c'était abominable.

— Qu'est-ce qui vous est arrivé ? Puis, comprenant d'un coup : C'est eux, ils vous ont agressée ?

La tension était trop forte, elle craqua d'un coup et se précipita dans ses bras en gémissant. Le vertige le saisit.

— Ils ont violé Aïcha une deuxième fois ! J'ai voulu la défendre, je n'ai rien pu faire pour protéger ma petite sœur.

Il n'était pas de marbre, c'était troublant cette belle fille qui pleurait dans ses bras, mais cette terrible révélation le ramena sur terre. Beaucoup d'élèves les regardaient, dont Aziz, stupéfait.

— Montons, vous serez mieux pour me raconter.

Elle se détacha lentement et fit le tour de la voiture. Jean Pierre s'engouffra derrière son volant et démarra en trombe.

Machinalement, il se dirigea en direction du collège d'Aïcha. Tout en roulant, Zoya lui raconta ce qui s'était passé et comment elle avait menti pour protéger sa sœur. Il sentit monter en lui des instincts de meurtres, puis la raison s'imposa. Il donna un coup de volant et se parqua sur un arrêt de bus.

— Qu'attendez-vous de moi ?

Zoya le regarda, atterrée, et se remit à pleurer.

Il ne sut pas quoi faire.

Les restes de néandertalien qui sommeillaient en lui considérèrent la belle femelle venue quêter sa protection.

Le professeur de littérature resta réaliste. Miss Maghreb réclamait son assistance, mais au nom de quoi, Bon Dieu, et surtout, pour quoi faire?

Zoya continuait de pleurer. Il n'osa pas répéter sa question et soupira profondément. La jeune fille chercha à descendre. Il la retint. Un coup de klaxon furieux lui fit comprendre qu'il devait déguerpir. Il remit la voiture en marche et se glissa dans la circulation.

— Pourquoi n'êtes-vous pas allées à la police?

— C'est ce que voulait mon père, mais j'ai refusé.

— Vous aviez peur qu'ils devinent votre mensonge ?

Elle devint écarlate. Il comprit qu'elle était vierge, le premier médecin venu le constaterait sans peine.

— Ils ont menacé d'égorger Aïcha si elle parlait.

Chapitre 19   Engrenage

— Vous n'avez pas de frères ?

— Si, ce sont des gens bien, comme mon père, mais s'ils apprennent que c'est Aïcha qui a été violée, ils voudront la marier sur le champ. Elle n'a que treize ans! Moi, ça sera plus dur de me faire plier. En plus, ils sont loin.

— Alors que moi, je suis là !

Il regretta d'avoir dit ça mais c'était trop tard. Zoya prit ce regard fixe des gens sans espoirs. Il serra les mains sur son volant et s'arrêta sur le deuxième arrêt de bus.

— Dans l'immédiat, je peux à nouveau faire le taxi. Je ne suis pas très costaud mais je doute que Ben Schaouif et ses deux nains s'en prennent à vous si je suis là.

— Ils n'hésiteront pas. Ils sont trop bêtes pour réfléchir et vous castagneront. Ils en seront fiers, comment croyez-vous qu'on se fait une réputation dans les cités ?

— L'astuce et l'intelligence triomphent souvent de la force brutale.

Elle ne répondit pas, ça le blessa. Le besoin de lui prouver qu'il était capable de la protéger submergea ce qui lui restait de raison.

— Je vais vous aider. Ça va aller mieux maintenant, ayez confiance en moi.

Alors Zoya fit une folie, elle éprouvait une telle gratitude qu'elle plaça un baiser sur le bout de ses doigts et le déposa sur sa main. Ce fut une caresse très discrète, pudique.

Un vigoureux coup de klaxon lui fit comprendre qu'il fallait repartir. Il redémarra, plus crispé que jamais.

— Aïcha sait-elle que je viens la chercher?

— Oui, je lui ai dit que j'irais vous trouver, ça a paru la soulager mais elle ne sait pas que je vous ai tout dit.

— Je serai discret.

La petite jeune fille attendait derrière la grille, sage et droite. Elle ne prononça aucune parole et monta à l'arrière. Tous trois roulèrent en silence, partageant la même appréhension, mais tout se passa bien, il n'y avait aucun voyou au pied de l'immeuble. L'ascenseur était réparé, la cage commença son ascension dans un bruit peu rassurant de câbles et de poulies fatigués. Plus ils montaient, plus Jean Pierre sentait croître sa tension. Avec l'exigüité de la cabine, Zoya était à nouveau contre lui, il pouvait sentir son odeur ; un désir horrible, bestial l'envahit, car hommes et femmes ne se ressemblent pas dans le domaine de la sexualité, elle est intellectuelle chez la femme et animale chez l'homme. Il sentait qu'elle cherchait un protecteur, sans calcul, intuitivement et pas seulement face à la violence d'une société urbaine. Elle voulait s'en sortir, faire des études, s'intégrer, devenir une jeune femme moderne et respectée. Elle ne l'avait pas choisi, il avait été là au bon moment et les petites gouapes comme Ben Schaouif et ses comparses ne l'avaient pas impressionné, du moins le croyait-elle. Allait-il trop loin dans le fantasme ? Une fois dans l'appartement, son malaise continua, ce n'est pas parce qu'on perd le désir charnel de son épouse qu'on devient impuissant. Zoya était jeune, belle, c'était une femme, majeure, avec cette beauté orientale qui fascine dans les Contes des mille et une nuits, une Shéhérazade en minijupe, ensorcelante tentation, péché pour les chrétiens, folie pour les gens réalistes. Il chassa ces dangereuses pensées, les circonstances étaient trop dramatiques pour sombrer dans le pathos.

Le père Benazouz le reconnut et se montra aussi familier que la première fois.

— Entre, mon fils, tu es toujours le bienvenu chez nous.

En trois pas, Jean Pierre se retrouva dans le salon. Il s'installa dans le canapé, raide comme la justice, Zoya à côté de lui.

Madame Benazouz le regardait d'un drôle d'air ; voyait-elle en lui le sauveur de l'honneur familial ? Une nouvelle invitation à partager leur repas le confirma. Bien qu'il ait senti le piège, Jean Pierre fut incapable de refuser, les grands yeux noirs de Zoya l'enchaînaient à cette famille.

Ce fut très sympathique, sa présence rassurait Aïcha et même Zoya semblait se détendre. Il expliqua qu'il aimait leur pays, sa culture, ses paysages, les gens, la nourriture épicée, les odeurs, les citronniers en fleur, la lumière merveilleuse sur le port d'Alger, les terrasses mélangeant les maisons basses de la Kasbah et les hôtels modernes.

— Tu connais bien l'Algérie ! s'étonna le père.

— Je n'y suis jamais allé autrement que par les livres, Pierre Loti dans *Le roman d'un spahi,* les carnets de voyage de Delacroix, les souvenirs de jeunesse de mon grand-père qui voulait s'y installer. Tout cela fait un peu orientalisme de pacotille ou vision coloniale édulcorée, mais je ne me renie pas.

Les parents de Zoya étaient ravis d'un tel discours.

— C'est vrai qu'il fait chaud chez nous, dit le père.

La mère hocha la tête et regarda sa fille aînée.

— Et nos femmes sont belles !

Zoya se taisait, elle avait compris la manœuvre de ses parents et se sentait la proie d'un marchandage misérable. Jean Pierre prit congé vers vingt-trois heures, elle le raccompagna sur le palier.

— Demain, je serai là.

Elle eut un pâle sourire.

Chapitre 20   Une Lancia ?

Marie-Ange et Jérôme explorèrent minutieusement quartier des anciennes tanneries à la recherche d'éventuels témoins. La friche industrielle couvrait un large espace, mais l'endroit n'était pas tout à fait abandonné, il y avait encore quelques entreprises en activité. L'une d'elles était spécialisée dans les engins de levage, Fenwick, chariots élévateurs, grues, treuil; le gardien se souvenait avoir vu passer une grande berline noire avec deux hommes à l'intérieur. Marie-Ange nota soigneusement la description de la voiture.

La rue des anciennes tanneries débouchaient sur l'avenue de la gare, mot flatteur pour désigner une artère autrefois florissante mais dont les commerces et bistrots fermaient les uns après les autres au rythme où les ateliers du PLM dégraissaient leur personnel. Ils eurent moins de succès, le boucher n'avait rien vu, ni l'épicier, et encore moins les employés de la pharmacie.

Faute de mieux, ils retournèrent inspecter la scène du crime et là, la chance fut au rendez-vous : soixante mètres devant eux, marchait un vieux SDF poussant une carriole contenant un grand sac. Marie-Ange et Jérôme accélérèrent pour le rattraper, et ils n'étaient plus qu'à vingt mètres, lorsque l'autre bifurqua et se faufila par le portail rouillé dans la cour de l'usine où le cadavre avait été retrouvé, c'était trop beau ! Jérôme se précipita.

— Monsieur, on aimerait vous poser quelques questions. Nous sommes de la police, nous cherchons à recueillir des témoignages sur un meurtre qui a été commis ici, il y a quelques jours.

— J'ai rien vu, répondit précipitamment le vieux.

— Pourtant, vous habitez là!

L'autre confirma. Marie-Ange se pencha sur la poussette surchargée dont elle inspecta rapidement le chargement hétéroclite: du sucre, un saucisson, des bouteilles d'eau minérale, beaucoup de paquets de gâteaux secs, des livres, des guides de voyage, des cartes routières, des vêtements usés.

Chapitre 20 Une Lancia ?

— J'ai rien à cacher.

— Vous êtes sobre !

— Vous me prenez pour un clodo ? Bien sûr qu'j'suis sobre, le vin, si on commence, on peut plus s'retenir et j'ai ma dignité. J'suis un routard, précisa-t-il, fièrement. J'ai déjà fait le Canada et les States. J'suis revenu au pays car j'm'fais vieux et si j'dois calancher demain, j'préfère qu'ça soit chez moi, en France. Avant de partir sur les routes, je croyais que des cons, il n'y en avait que dans l'administration, mais maintenant, je sais qu'y en a partout, c'est pour ça que j'suis revenu.

— Je vous comprends, approuva Jérôme. Pour notre meurtre, vous êtes sûr que vous n'avez rien vu ?

— Non.

— Réfléchissez, je pourrais vous faire coffrer pour entrave à l'action de la police par rétention d'informations.

— Vous n'avez pas d'pot, j'étais aux commissions quand y sont v'nus lui faire sa fête.

Marie-Ange retint son souffle.

— C'était quand ?

— Le 19.

— Pourquoi parlez-vous au pluriel ?

— Parce qu'ils étaient deux. J'ai vu leur bagnole, ils roulaient tout doucement, comme quand on cherche quelque chose. Ils sont passés trois fois, j'ai compris qu'ils voulaient le gars dans l'usine.

— Vous l'avez vu, ce gars ?

— Comme je vous vois, un grand, avec un collier de barbe, un roux. Il est arrivé à pied, je l'ai croisé sans qu'y m'regarde, j'l'ai vu rentrer dans la cour de l'usine et ça m'a inquiété pour mes affaires. Quand j'suis revenu, il était transformé en cadavre.

— Il fallait aller à la police.

— A pied! Sous la pluie ! J'voulais y aller le lendemain, surtout que ça puait drôlement ! Mais c'était trop tard, en m'couchant, j'grelottais déjà. Le lendemain, j'avais de la fièvre. Quand ça a commencé à aller mieux, vos gars étaient déjà loin !

— Justement, il fallait vous montrer et tout raconter !

— Raconter quoi, puisque j'ai rien vu ?

Jérôme et Marie-Ange embarquèrent le vieil homme pour prendre sa déposition. La voiture était une grosse limousine de luxe noire, avec des ailes rondes comme une Porsche mais en plus long et plus large. En quelques clics, le vieux SDF identifia une Lancia. Marie-Ange posa une dernière question.

— Vous reconnaîtriez les deux hommes?

Chapitre 20 Une Lancia ?

— J'ai surtout regardé la bagnole mais ils roulaient lentement, celui qui conduisait avait une longue balafre.

Marie-Ange ne voulut pas courir le risque de voir disparaître son principal témoin : un coup de téléphone suffit pour lui trouver un hébergement digne de ce nom.

La journée avait été fructueuse mais fatigante. Marie-Ange lui proposa d'aller boire un dernier verre, ils se retrouvèrent au P'tit bar de la place Jean Jaurès. L'endroit était d'une banalité affligeante avec son plafond en lamelle argentée qui renforçait la triste lumière des néons, son bar en formica fatigué qui devait dater des années soixante et ses tables inusables aux pieds en acier et plateaux stratifiés. Ils s'installèrent et commandèrent deux bières, et, par réflexe professionnel Marie-Ange sortit les photos.

— Vous connaissez ces trois individus?

Le bon gros perdit instantanément son air jovial. Il grommela.

— Oui, ils viennent boire un coup de temps en temps.

— En payant ?

— Parfois, ça dépend.

— Ils vous ont racketté ?

— Que des petites sommes, trois fois rien. Ils bousculent le flipper comme s'il était en panne, et exigent que je rembourse les parties. Je ne vais pas porter plainte pour ça, quand même !

— Vous savez comment ils s'appellent ?

— Oui, l'obèse derrière le volant c'est Omar Ben Schaouif. A côté, ça ne peut être que Benjamin Toussaint, ils ne se quittent jamais. Quant au troisième, il s'appelle Sembene Kalala, c'est le pire. Malgré sa petite taille, c'est une brute répugnante.

Jérôme et Marie-Ange se regardèrent, enfin du nouveau !

— Vous savez où ils habitent ?

— Non, mais certainement pas bien loin car ils rodent tout le temps dans le quartier.

— D'autres personnes se sont plaintes ?

Le patron repensa aux deux filles, au prof qui avait pris leur défense et préféra se taire.

Chapitre 21   Délires

Jean Pierre avait passé chez les Benazouz une soirée pleine de douceur et d'évasion, il ne s'attendait pas à la douche froide qui l'attendait chez lui. Un homme grand, costaud, la mâchoire carrée et les cheveux longs, était installé dans son salon. Sa femme se montra très froide.

— Je te présente Roland, il veut te parler.

Cécile rapprocha son fauteuil, ils se donnèrent la main.

— Nous nous sommes rencontrés dans une réunion syndicale, je suis enseignant comme vous.

— Tu rentres de plus en plus tard, tu n'es jamais là.

Jean Pierre n'écouta pas, il pensait à sa journée du lendemain, que ferait-il s'il se retrouvait face aux trois voyous avec les deux beurettes terrorisées dans son dos ? Les armes anti agression étaient-elles efficaces ? Il entendit toutefois sa femme :

— C'est quoi ta réponse, tu acceptes le divorce ?

— Oui, bien sûr.

— C'est tout ?s'étonna-t-elle. Tu n'as rien à dire ?

— Non.

Cécile s'en alla, avec le dénommé Roland.

*
**

Le sommeil ne vint pas. Les Benazouz croyaient leur fille déshonorée et voulaient la marier, est-ce pour cela qu'il recevait un tel accueil ? Ça le fit rire. Ce qu'il trouvait moins drôle, c'était la menace qui planait sur Aïcha ; devait-il se mêler de ce qui ne le regardait pas et aller à la police ? Non, Zoya voulait protéger sa sœur, y compris contre le poids de son milieu. Que pouvait-il faire ? Il fallait qu'il soit prêt car ces sales types recommenceraient. Il tenta de s'endormir mais c'était impossible, après avoir été un dépressif-suicidaire, il envisagea froidement de devenir un assassin.

— Pourquoi pas un pistolet à grenailles ? Ce serait plus efficace qu'une bombe lacrymogène, surtout contre trois ! Je tire dans le ventre, ils se tordent de douleur. Il y a un entrefilet dans les journaux, la plupart y voient une affaire de cul, surtout après la scène sur le trottoir, quand Zoya s'est jetée dans mes bras. Je suis renvoyé de l'éducation nationale et gagne ma vie en vendant des frites et des pizzas sur les marchés.

— Je les guette, je fonce sur eux, je les pulvérise. Il me faudra boire avant, pour que ça passe pour la conséquence d'un état d'ébriété avancé. J'ai un blâme, voire une sanction, je suis muté, mais je

Chapitre 21 Délires

garde mon boulot. Ça ne marchera pas, comment être sûr de les avoir tous les trois en une fois ? Et puis, les collègues témoigneront, *« Sergier, il est sobre comme un chameau »*.

— J'achète un fusil de chasse, je les tue. Il n'y a que deux coups ! Je suis pris, je finis aux Assises avec quinze de prison. J'en sors âgé de cinquante-cinq ans, chômeur.

— J'achète des somnifères très puissants et je les mets dans leur verre. C'est le bon gros sympa qui a les ennuis.

Il finit par s'endormir, rêvant qu'il était pendu sous Louis XIII, roué sous Louis XV, guillotiné sous le consulat, déporté au bagne sous la troisième République. Au petit matin sa décision était prise.

Il fit ce qu'il avait promis et alla chercher les deux filles, Aïcha se montra timide, comme d'habitude, mais elle était visiblement soulagée, quant à Zoya, elle avait honte de ses marques de coups et troqué sa minijupe contre un jean et modifié sa coiffure de façon à dissimuler autant que possible le pansement sur sa tempe. Le vieil ascenseur gémit.

En passant devant l'arrêt du bus, il eut la surprise d'y voir Aziz. Jean Pierre lui proposa de l'emmener. La petite voiture se transforma en arche de

Noé, transportant quatre naufragés de la vie : un prof quadra en décalage avec le quotidien, une enfant presque femme n'arrivant pas à construire son avenir, un adolescent peinant à s'exprimer mais affrontant la violence avec autant de maîtrise qu'un mercenaire zaïrois, et une jeune fille en fleur dont on avait arraché trop vite les pétales.

Le trajet n'était pas si long jusqu'au collège d'Aïcha, cependant il y avait de la circulation, des feux, des zones à trente. Regardant dans son rétro, Jean Pierre surprit plusieurs petits coups d'œil d'Aziz sur Aïcha. Lorsqu'elle descendit pour franchir les grilles de son collège, il la suivit des yeux jusqu'à ce que l'auto redémarre. Il proposa de refaire la même chose le soir, Aziz accepta. C'est comme ça qu'ils se retrouvèrent tous les quatre dans la petite Fiesta en fin de journée. Le retour fut silencieux.

Une fois devant l'immeuble des Benazouz, Aziz se retourna deux fois pour faire un geste de la main avant de s'éloigner, Jean Pierre ne l'avait jamais vu comme ça. Il raccompagna les filles jusqu'à leur porte où Zoya insista pour le faire rentrer. Aïcha s'engouffra dans sa chambre et il resta seul avec le père Benazouz.

Les deux hommes avaient déjà sympathisé, mais l'un était un vieil ouvrier algérien sans instruction, et l'autre un clone du siècle des Lumières égaré

Chapitre 21 Délires

à une autre époque. Le vieux kabyle chercha une parole aimable et commença par une banalité.

— Ça me fait drôle, d'habitude mes filles sont là bien plus tard.

Jean Pierre sourit en guise de réponse.

— Zoya veut devenir enseignante, tu crois qu'elle en est capable ?

— Oui, répondit-il prudemment, mais il y a beaucoup d'autres métiers proches de l'enseignement.

— Donc, tu n'y crois pas!

— Je la connais mal, répondit Jean Pierre, gêné.

— Pourtant tu la ramènes chez nous, tous les soirs !

Il se mit à rougit comme un collégien pris en faute, le vieil homme attendit sa réponse, gardant assez de bon sens pour se taire. C'est à ce moment que Zoya entra dans le salon, elle avait dû entendre car elle répondit à sa place, avec un léger mensonge.

— Monsieur Sergier a accepté de me faire travailler un peu chaque soir, c'est pour ça qu'il me ramène. Nous allons commencer tout de suite, nous avons besoin de tranquillité, ne nous dérangez pas.

Benazouz ne fit aucune remarque et se remit devant sa télé dont il monta le son, un petit sourire au coin des lèvres, tandis que sa fille entraînait Jean

Pierre dans sa chambre dont elle referma soigneusement la porte.

Zoya était impatiente, elle avait quelque chose à lui dire, il pensa que c'était à propos du prétexte et se voyait déjà la soutenant dans ses études avec les longues heures d'intimité que cela supposait. Hélas, la réalité le fit descendre sur terre, à peine la porte était-elle fermée qu'elle se jeta dans ses bras à nouveau, agitée de tremblements nerveux.

— Ils sont là, regarde par la fenêtre.

Jean Pierre se pencha. Omar Ben Schaouif, Toussaint et Kalala étaient assis sur les marches devant l'immeuble.

— Ils attendent Aïcha, ils ne savent pas que nous sommes rentrés une heure plus tôt.

Elle était livide.

— Que vas-tu faire ?

En d'autres temps et lieux, être tutoyé par cette fille splendide l'aurait flatté, voire comblé mais là, il était pris au piège, c'était sérieux. Zoya le tira en arrière.

— Il ne faut pas qu'ils te voient. Reste, ils finiront par partir.

Rester ? Il avait déjà mangé deux fois chez les Benazouz, le père le regardait d'un drôle d'air, bientôt il lui proposerait de coucher sur le canapé. Cette idée le fit rire. Zoya le regarda, stupéfaite.

Chapitre 21   Délires

— Ah quoi tu penses ?

Malgré ses plaies et ses bosses, elle était magnifique, et ce tutoiement ! Il se sentait prêt à affronter tous les Ben Schaouif du monde, à toutes les extrémités, même violer la loi pour que de tels instants se reproduisent.

— Comme tu es courageux, dit-elle, se méprenant sur son attitude.

Cela ne fit qu'augmenter son rire et elle se pressa un peu plus contre lui, dégageant une féminité que Cécile avait perdue depuis longtemps, et pas seulement à cause de l'âge, car certaines femmes restent belles et désirables jusqu'aux portes de la vieillesse. Ce beau fruit vert des cités de la moyenne banlieue, il voulait le protéger, et pour cela il se sentait une force et une détermination nouvelles. Qu'avait-il à perdre? La vie ? Avant de rencontrer Zoya, il souffrait d'une inappétence pathologique. Maintenant, c'était elle qu'il ne voulait pas perdre.

— Ce n'est pas bête, cette idée de travailler ensemble.

— Pas ce soir, pas avec eux en bas.

— Je ne peux pas dormir ici ? Et puis, il n'est pas sûr qu'ils osent s'en prendre à moi en plein jour !

— Ne t'y fie pas. Ils sont vicieux et méchants.

Il voulut se détacher d'elle, elle se raidit.

— Je crois qu'il faut mieux éviter ce genre de situation.

— Tu as peur de moi ? C'est seulement si mon père te trouvait ici demain, qu'il t'obligerait à m'épouser.

Il y vit une plaisanterie et répondit sur un ton léger, comme si la chose allait de soi.

— Ça tombe bien, je suis libre. Ma femme m'a annoncé hier sa volonté de divorcer.

Zoya marqua la surprise.

— Tu es triste ?

— Non.

— Chez nous, on ne divorce pas.

— Le poids de la culture, sans doute !

— Tu as tort de te moquer, c'est très grave, un échec. Pourquoi tu ne me tutoies pas ? Tu le fais bien pour tes élèves, pourquoi pas moi ?

— Je ne suis pas dans leur chambre le soir, ce n'est pas pareil.

— Si tu es là, c'est parce que tu as voulu nous aider, pas parce que tu es vicieux. Tutoie-moi, c'est ridicule de se vouvoyer.

Elle ne le laissa pas chercher une réponse et posa à nouveau un petit baiser sur le bout de ses

Chapitre 21 Délires

doigts. Il se hérissa. Dans ce métier, les filles exercent intuitivement leur pouvoir de séduction sur les profs, elles ne sont pas longues à comprendre de quelles armes elles disposent, un regard appuyé, un sourire. Elles s'expriment ainsi parce que c'est dans la nature des choses, sans y mettre de vice, du moins pour la plupart. C'est aux hommes à savoir garder leur sang-froid. Il en était conscient et s'arracha des douceurs de Capoue pour affronter la réalité.

Zoya était déçue mais elle-même ne savait sans doute pas ce qu'elle voulait.

— Ils vont te massacrer !

Massacré, il l'était déjà, par la vie, les déceptions, par le grotesque de la situation car on ne tombe pas amoureux d'une fille de vingt ans. Zoya était trop jeune, trop belle, trop tentante. Que faisait-il là, et dans sa chambre en plus ! N'avait-il pas eu assez de désillusions, de crève-cœurs ?

— Je sortirai par les caves.

— Elles ne communiquent pas.

— Ça ne fait rien.

Il avait esquissé le geste d'ouvrir la porte mais Zoya le retint encore une fois.

— Attends !

Elle fouilla dans son armoire et en sortit un long burnous en laine grise et à capuche.

— Mets ça.

— Vous voulez que je me déguise ?

— Tutoie-moi et enfile-le. C'est mieux que d'être mort.

Il hésita un court instant, alors elle le lui enfila elle-même et ce faisant, se colla contre lui pour la quatrième fois. Puis, elle le poussa dehors. Il choisit de descendre à pied pour avoir le temps de se calmer. Elle le regarda partir, le regard crispé. Il se retourna une dernière fois.

— Je voulais vous dire, ne vous faites pas de souci pour moi, je n'ai pas peur d'eux et surtout, évitez de regarder par la fenêtre pour voir si tout se passe bien.

Malgré ces mots, Zoya était raide d'angoisse. Elle déglutit péniblement.

— Je voulais « te » dire, corrigea-t-elle.

Il lui sourit.

— C'est la première fois qu'on se soucie de moi.

Elle hésita, franchit les trois marches et se blottit encore une fois dans ses bras.

— Pour moi aussi c'est la première fois que quelqu'un cherche à me protéger. Tu es beau, tu ressembles à un berger de l'atlas.

Il la pressa contre lui, geste lourd de désir dont il eut honte.

— J'ai quarante ans !

Chapitre 21 Délires

Zoya comprit. Sans le regarder, blottie dans le creux de son épaule, elle eut cette petite réponse qui fleurait le jasmin.

— Chez nous, c'est l'âge des princes charmants. Va-t'en maintenant.

Jean Pierre passa droit comme un « i » entre les trois voyous. Le capuchon dissimulait son visage, la ruse marcha à fond. Zoya poussa un profond soupir de soulagement, elle était sincère, son petit prof, elle ne voulait pas qu'on lui casse la tête.

Une fois sorti de l'immeuble, il n'alla pas très loin, fit une centaine de mètres et se posta discrètement pour surveiller les trois voyous. Une longue attente commença, elle dura une heure, Omar Ben Schaouif, Benjamin Toussaint et Sembene Kalala guettaient leur victime qui n'arrivait pas. Quand les trois vermines se levèrent, il leur emboîta le pas. Son but était de découvrir où ils créchaient, les surprendre et les éliminer.

Ils allèrent dans un fast-food. Jean Pierre les suivit et se cacha entre deux voitures pour les surveiller. Sa patience fut à nouveau mise à rude épreuve, il dut attendre presque deux heures, peinant à bloquer ses pensées. Zoya le croyait courageux mais c'était faux. Si Benazouz avait su la vérité, Aïcha aurait été mariée de force et il n'aurait eu aucune raison de s'en mêler. Maintenant, il était trop tard, il fallait qu'il élimine les trois voyous, c'était une pure folie mais la folie, c'était aussi de tomber amoureux de Zoya.

Ils sortirent enfin. Il reprit sa filature, prudemment, marchant suffisamment loin pour ne pas se faire remarquer. Les trois voyous traînèrent sur le boulevard, frôlant les voitures garées pour la nuit, s'arrêtant pour commenter celles qui leur plaisaient, tâtant les portières.

Les passants se faisaient rares. Ils passèrent devant les lumières d'un petit cinéma qui luttait péniblement pour sa survie. S'ils entraient, ça ferait encore deux bonnes heures de plus, et à la sortie, les trottoirs seraient déserts et la filature encore plus difficile. Heureusement, le film ne les tentait pas.

Ils se dirigèrent vers un quartier assez lépreux et rejoignirent une petite maison aux volets clos.

Jean Pierre attendit encore longtemps, il voulait être sûr que c'était bien là. Quand la nuit fut totalement noire, il s'approcha. Des bruits de musique lui parvinrent, ils habitaient bien là. Si son plan marchait, Omar Ben Schaouif, Sembene Kalala et Benjamin Toussaint n'avaient plus que trois jours à vivre.

Chapitre 22   Tony Garant

Giachetti faisait le point tous les lundis sur les affaires en cours. Ces conférences avaient lieu au rez-de-chaussée, dans son bureau où un vaste plan de l'arrondissement figurait en bonne place. Jérôme aimait bien cet endroit, surtout les photos de groupes punaisées au mur, Giachetti s'y tenait modestement à droite, laissant à la vedette à ceux de son équipe qui avaient résolu une affaire ; si Marie-Ange réussissait à élucider le meurtre des tanneries, elle serait au centre de la nouvelle photo.

Chabrier était sur le point de faire arrêter une bande de braqueurs, il expliqua le mode opératoire choisi. Giachetti approuva.

Dargier avait bien progressé lui aussi, plus aucune poubelle n'avait été incendiée et les commerçants semblaient soulagés. Ce fut le tour de Marie-Ange.

— Alors capitaine, où en est-on pour la Lancia ?

— Jérôme a épluché le service des cartes grises, il y en a vingt-sept qui correspondent. Nous avons interrogé leurs propriétaires et écarté ceux qui ont un alibi. Il ne reste que quatre suspects possibles. Un ingénieur en informatique de cinquante-trois ans, couvert de dettes qui ferait un coupable intéressant. Un intermittent du spectacle qui monte des pièces sans public et donne des cours de théâtre dans une institution privée réputée. Il prétend que sa voiture est en panne, joint de culasse cassé, et qu'il n'a pas les moyens de la faire réparer. Nous vérifierons. Le troisième est un chaudronnier-tôlier italien, présentement au chômage, et qui vivote de petits métiers, il est passionné de bagnole et s'est payé la sienne sur un coup de tête, il ne la sort pratiquement jamais du garage. On va voir le quatrième type cet après-midi.

Ils partirent pour la grande banlieue Est et se retrouvèrent dans un de ces petits villages situés entre les grands axes de circulation. La maison était récente, visiblement construite par son propriétaire, comme l'attestait un tas de sable dans la cour et une bétonnière rouillée. L'argent devait manquer, les parpaings attendaient le crépi, la cour était envahie de mauvaises herbes, quant au portail, c'était de la récupération. Comment le propriétaire d'une telle habitation pouvait-il rouler en voiture luxe ? Des aboiements furieux couvrirent le bruit de la sonnette, il fallut insister, puis un individu mal rasé, à l'attitude revêche, vint ouvrir.

— Police, annonça Marie-Ange, montrant sa carte. Êtes-vous Robert Portal, propriétaire d'une Lancia noire modèle Thesis ?

— Oui, qu'est-ce que vous m'voulez ?

Chapitre 22 Tony Garant

— Une voiture comme la vôtre a été aperçue non loin d'une scène de crime, nous aimerions en parler avec vous. Peut-on entrer ?

L'intérieur de la maison avait été plus soigné que l'extérieur, la cuisine était jolie, avec des éléments encastrés dans un mobilier de chêne. Portal leur raconta une histoire assez embrouillée.

— La voiture, on l'a achetée à trois, avec des copains.

— C'est plutôt curieux, comme procédé !

— C'est une voiture de luxe, on voulait frimer.

L'homme était tout en lourdeur et rugosité, du genre certainement plus à l'aise sur un échafaudage que derrière un volant, ça sonnait faux.

— Pourquoi est-elle à votre nom ?

— Pour les papiers, j'ai plus l'habitude, mais tout est en ordre.

— Comment s'appellent les deux autres ?

— Azdin Murzuq et Philippe Meunier, ils habitent juste à côté.

C'était logique si le trio se prêtait la voiture à tour de rôle, ce que Marie-Ange se fit confirmer. L'homme n'avait pas envie d'en dire trop, il apparut que les trois individus gardaient la voiture une semaine chacun. Le 19 avril dernier c'était le tour d'Azdin Murzuq.

— Où est-elle aujourd'hui, cette voiture en multipropriété ?

Portal hésita une fois de plus à répondre.

— Elle est chez Azdin.

Il ne restait plus qu'à aller interroger les deux autres, et surtout Azdin Murzuq.

— Amusante, l'idée d'acheter une bagnole de luxe à plusieurs.

— Parlez-en à Dargier et Chabrier.

— Plutôt fonder une société anonyme.

Elle éclata de rire.

— Les belles voitures sont comme les comptes en banque, souvent inversement proportionnelles aux qualités intrinsèques de l'individu qui les possède. Je préfère qu'un homme roule dans une voiture modeste, mais qu'il soit sincère et profond.

— Alors là, je le prends pour un compliment, c'est tout à fait moi.

Elle sourit.

Azdin Murzuq habitait un petit HLM vétuste de trois étages. Il n'était pas chez lui. Sa femme, un bébé dans les bras, leur expliqua qu'il était au travail sur un chantier, elle ne savait pas où. Trouver les bureaux de l'entreprise fut facile, rejoindre le chantier plus laborieux.

Chapitre 22   Tony Garant

Azdin Murzuq fit d'abord semblant de ne pas comprendre, prétextant qu'il n'avait pas de Lancia. Marie-Ange se tourna vers Jérôme.

— Sors les menottes, on l'embarque.

La menace fut efficace. Le contremaître engueula copieusement son ouvrier dans un mélange d'arabe et de français, l'autre retrouva la mémoire et expliqua qu'il n'avait pas la Lancia, qu'elle était chez un copain.

— Et le 19 avril dernier ?

Murzuq était à un match de foot.

— En soirée peut-être, mais dans la journée ?

Le contremaître répondit à sa place.

— Il était là, on a coulé une dalle, la toupie était en retard, on a fini à dix-neuf heures trente.

— Est-il venu travailler en Lancia ?

Le chef de chantier ricana.

— Il est venu en mobylette, comme d'habitude.

— Alors où était la Lancia ?

Le patron servit à nouveau d'interprète, ça allait plus vite.

— Il l'a prêtée à quelqu'un.

Marie-Ange commençait à s'énerver.

— Comment s'appelle l'individu auquel il a prêté une voiture de 40 000 euros ?

Le patron traduisait en engueulant chaque fois un peu plus son ouvrier, qui jouait les idiots ou l'était réellement. Marie-Ange hésita à l'embarquer, avec une femme et un bébé, il y avait peu de chances que l'homme disparaisse dans la nature.

— Dites-lui de se présenter demain au commissariat du huitième, il y aura un interprète, nous prendrons sa déposition. J'espère que la mémoire lui reviendra.

Murzuq baissa la tête, son patron le regarda d'un sale œil.

Il ne restait plus qu'à aller chez Meunier. Une surprise les attendait, la voiture était là, noire, rutilante, tape à l'œil, luxueuse, splendide. Meunier confirma les dires des deux autres, il possédait bien un tiers du véhicule et c'était son copain Azdin qui avait la voiture le 19 avril.

— Comment vos moyens financiers vous permettent-ils de rouler dans une telle automobile ? Demanda Marie-Ange qui flairait un petit trafic, ce que confirma Meunier sans être le moins du monde gêné.

— On la loue, très cher.

— C'est illégal.

Meunier haussa les épaules. Jérôme dévorait la bagnole des yeux, il lui faudrait économiser sou par sou pendant vingt ans pour rouler dans un engin pareil.

Chapitre 22   Tony Garant

— Je peux inspecter le véhicule ?

L'autre tenta maladroitement de refuser. Il insista.

— Les clés, s'il vous plait.

Jérôme s'installa, mit la voiture en marche, actionna les vitesses puis déverrouilla le capot. Il écouta feuler le six cylindres, inspecta le compartiment moteur, puis coupa le contact et rendit les clés avec un petit merci bien sec.

Une fois seuls, Marie-Ange l'interrogea.

— C'était pour quoi, ce cinéma ?

— Le coup de la location, je n'y crois pas. J'ai voulu vérifier le kilométrage et la plaque moteur. Ça ne vous semble pas bizarre une voiture de luxe chez des gens dont les possibilités financières semblent proches de la misère ?

Marie-Ange hocha la tête, puis le regarda longuement.

— C'est stupide ce vouvoiement, quitte à travailler ensemble, cessons ce formalisme d'un autre temps et tutoyons-nous.

Jérôme accepta avec empressement.

Azdin Murzuq ne se présenta pas au commissariat, il fallut aller le chercher et c'est menottes aux poignets que l'individu fut interrogé en présence de Giachetti et avec l'aide d'un interprète. Marie-Ange lut le procès-verbal des dépositions de Portal et Meunier et alla droit au but.

— A qui avez-vous prêté la voiture le 19 avril dernier ?

— Je ne sais pas.

— Si vous refusez de répondre, je vous mets en garde à vue.

Murzuq refusa de répondre, Marie-Ange le boucla.

Les deux autres furent arrêtés et interrogés. Jérôme se chargea de la voiture. Il inspecta les papiers avec soin, téléphona à la compagnie d'assurance, au service des cartes grises, compara l'immatriculation de la plaque moteur et celle qui était déclarée, le kilométrage figurant sur l'acte de vente et celui qu'il avait relevé, le résultat fut probant. Il se dépêcha de rédiger une note, brève mais éloquente, pour Marie-Ange qui ne mit qu'une seconde pour en comprendre toute l'importance.

— Et bien monsieur Portal, dit-elle, glaciale, il va falloir m'expliquer comment votre voiture a pu rajeunir, et pourquoi le numéro du châssis n'est pas celui qui figure sur la carte grise ?

Portal se décomposa.

— Pas bête comme combine, une seule carte grise pour plusieurs voitures. J'imagine que les autres sont parties en Europe de l'Est, au Proche Orient ou en Afrique ?

L'autre ne nia pas.

— Et bien il ne reste plus qu'à vous mettre en examen, à moins que vous n'ayez quelque chose de plus à me dire, par exemple qui conduisait la voiture le 19 avril... Si vous acceptiez de parler, ça pourrait jouer en votre faveur.

Le silence se poursuivit, mais Marie-Ange connaissait son métier.

— Un crime a été commis ce jour-là. Il n'est pas impossible que ce soit l'homme qui conduisait qui soit l'auteur ; si vous refusez de parler, au lieu d'être jugé en correctionnel, c'est en cour d'assises que vous comparaîtrez.

La menace fit son effet.

— C'est Tony Garant qui conduisait.

Chapitre 23   Déception

Jérôme ne décolérait pas.

— Pourquoi ne puis-je pas t'accompagner ? C'est avec moi que tu fais équipe, pas avec Dargier.

Patiemment, Marie-Ange expliqua :

— Giachetti estime que Garant et Carette sont des gens trop dangereux pour toi. Passer une journée à l'accueil ne te fera pas de mal, tous les postes sont intéressants, être flic, c'est un travail d'équipe.

La journée fut interminable ; il y a loin de la célèbre brigade criminelle du 36 quai des Orfèvres au quotidien d'un petit commissariat d'arrondissement, ici pas de grandes enquêtes retentissantes, pas d'arrestations musclées, pas de hordes de journalistes guettant une indiscrétion. Les crimes étaient rares, le quotidien, fait de femmes battues, de fugues, de poubelles incendiées, de tapages nocturnes, de petits trafics, de plaintes pour vol, bref il passa des heures devant son ordinateur, confronté à la douleur et au difficile apprentissage de l'impuissance. Avec quels mots accueillir une femme battue qui repart sans porter plainte, tout en sachant que son bourreau l'attend? Que dire à un adolescent fugueur qui ne supporte plus le nouveau copain de sa mère? Comment rassurer les personnes âgées victimes d'incivilités quotidiennes ?

Vers quinze heures, il y eut un creux, la curiosité le poussa sur Internet. Une fois les inévitables sites pornographiques écartés, il découvrit des choses intéressantes. Une certaine Jeanne Antoinette Saloppe, née sous Louis XVI, avait épousé un certain Pierre Antoine Ledru. Il y avait aussi le cas

Chapitre 23 Déception

intéressant de Nicolas Saloppe, mort centenaire comme son père, Bernard Saloppe. Il tomba par hasard sur le cas d'une dame Bonichon tombée amoureuse d'un monsieur Beauvit, c'était passionnant. Il s'apprêtait à poursuivre ses recherches quand une vieille dame se présenta, immédiatement suivie de Marie-Ange qui lui fit signe de faire son travail, elle lui raconterait après. La vieille dame était en larmes.

— C'est le troisième chat qu'on me tue, monsieur l'inspecteur. Je l'avais pris à la SPA, autant faire une bonne action, n'est-ce pas ?

Jérôme ne prit pas la peine de lui faire remarquer qu'on ne disait plus inspecteur mais lieutenant de police, inutile aussi de lui dire son nom, la vieille dame l'aurait pris pour le fils du commissaire de la télé.

— C'est comme dans les orphelinats, pleurnicha-t-elle, seuls les plus jeunes trouvent un nouveau maître, les autres, les vieux, personne ne s'en soucie. Tout le monde a le droit de vivre, monsieur l'inspecteur, même les vieux chats ! Ils l'ont torturé, ils lui ont coupé les pattes pour qu'il ne puisse pas se défendre.

Suivit un nouveau flot de larmes, Jérôme était bouleversé.

— On les retrouvera, ils seront punis.

— Ça ne me rendra pas mon chat ! renifla la femme.

— Non, bien sûr. Voulez-vous que je vous accompagne à la SPA pour voir s'il n'y a pas un gentil minou qui souffre de solitude et attend la gentille maman qui l'adoptera ?

— Vous feriez cela ? Vraiment ?

— Si mon chef est d'accord.

Marie-Ange le regarda avec indulgence et donna son autorisation. Il est trop sensible pour ce métier, pensa-t-elle.

Jérôme était à peine parti que le téléphone sonna ; c'était le capitaine des sapeurs-pompiers, le feu avait pris dans un vieux squat, il y avait deux cadavres carbonisés dans les décombres. Marie-Ange bipa Jérôme pour qu'il la rejoigne au plus vite et se dirigea sur les lieux, où les premiers éléments de l'enquête se révélèrent peu encourageants.

— Les deux victimes devaient se tenir au premier étage, expliqua le chef des sapeurs-pompiers. Lorsque le plancher s'est écroulé, il a entraîné les corps dans sa chute, puis toute la maison s'est effondrée sur eux. Il ne reste pas grand-chose, leur identification relèvera du miracle.

Chapitre 23 Déception

Les ossements calcinés furent prélevés et envoyés au laboratoire, ainsi que deux poignards effilés trouvés dans les décombres. L'incendie s'étant déclaré en plein milieu de la nuit, il n'y avait aucun témoin, Jérôme était de bonne humeur.

— Peut-être un chat de gouttière a vu quelque chose ?

— Tu l'interrogeras, tu me feras un rapport…. C'est ta mémé qui te fait dire des bêtises ?

Il ne pouvait pas lui dire que c'était le plaisir de la retrouver. Il l'admirait beaucoup et aurait aimé l'inviter chez lui mais n'osait pas, d'abord parce qu'elle l'impressionnait, ensuite parce qu'il avait honte de son logement, enfin parce qu'il avait l'impression qu'elle le tenait à distance.

— C'est vraisemblablement un accident, dit-elle sans attendre de réponse. Les gens qui vivaient ici clandestinement utilisaient des moyens d'éclairage sommaires : bougies, alcool à brûler, lanterne de camping. Ils ont pu mettre le feu eux-mêmes suite à une beuverie.

— Mais les poignards ?

— J'admets que c'est rare chez les clochards, surtout des armes de truand comme celles-ci.

— Un règlement de compte ?

— Tu es comme tous les bleus, tu rêves de la grande affaire que tu serais le seul à résoudre. Petit Maigret, va !

Jérôme lui fit un de ces sourires enjôleurs qui la déstabilisaient.

— Je demanderai au légiste de bien examiner ce qui reste des deux cadavres, qui sait...

Le légiste trouva effectivement quelque chose. La comparaison avec l'un des deux poignards pouvait correspondre à l'entaille d'une des côtes. Jérôme exultait et Marie-Ange reconnut de bonne grâce qu'il avait eu raison.

— Mais ça nous mène à quoi ? A rien. Après un incendie pareil, il ne reste aucun indice, on ne sait même pas si les deux types qui sont morts là-dedans se sont entretués, ce qui est probable, où s'ils ont été assassinés. On n'a même aucune idée de leur identité, et si personne ne signale leur disparition dans les prochains jours, on ne saura jamais qui ils étaient.

— Sauf si le Gang des poubelles cesse ses rackets. Ça voudra dire que c'était eux fit-il sentencieux.

Marie-Ange préféra en rire.

— Bravo, il y a cinq mille personnes qui disparaissent par an sans laisser de trace, mais pour que mon petit Maigret réussisse sa première enquête, eux ont choisi de mourir dans un beau feu d'artifice.

Chapitre 23 Déception

Tu oublies qu'ils sont trois, nos petits loubards, et là, il n'y a que deux cadavres !

— Justement, qu'est-ce qui prouve que ce n'est pas le troisième qui a éliminé les deux autres ?

— Pour garder le butin, les cinquante euros du patron du bistrot ? Mais oui, bien sûr, c'est ça ! Paie-moi un verre, mon petit Jules, nous fêterons la fin de ton enquête et ton premier succès.

Jérôme ne se le fit pas dire deux fois. Il adorait qu'elle l'appelle son petit Jules, la plaisanterie n'était pas méchante et le faisait fantasmer.

Quelques instants plus tard, accoudés au zinc devant deux panachés, Jérôme insista.

— Tu crois vraiment qu'on ne saura jamais l'identité de nos deux cramés ?

— Identifier les restes de Jeanne d'Arc serait plus facile ! Attendons, la scientifique fait parfois des miracles. Mais j'aime bien ton idée, si le Gang des poubelles ne réapparait pas, il se pourrait que ça soit eux.

— La côte sur laquelle le légiste a repéré une entaille était celle d'un gros, donc celui qui a survécu est soit Kalala, soit Toussaint.

—Arrête de t'emballer. Enquêter, c'est un travail de longue haleine.

— Tu as raison.

Marie-Ange se sentait bien. C'était agréable de faire équipe avec Jérôme, elle aimait son tact, sa déférence, sa courtoisie. Il avait un côté vieille France parfois agaçant, mais sa gentillesse et son savoir vivre n'étaient jamais pris en défaut. Par contre, côté gun, il n'était pas au point, s'il y avait un coup dur, il serait un poids mort et elle espérait que ça ne devienne pas un jeu de mot douteux.

— Tu ne m'as pas demandé pour Garant et Carette, ça ne t'intéresse plus ?

— Si, mais s'il y avait du neuf, tu me l'aurais dit !

— Gagné. On ne les a pas trouvés. Je vais demander à Giachetti d'organiser une double planque, ils finiront bien par revenir.

— Génial !

— On en reparlera. Quand tu auras passé des heures à attendre dans le froid et à manger des sandwichs. Tu changeras d'avis.

Giachetti admit l'hypothèse que l'un des deux clochards avait pu poignarder l'autre. Le rapport de Marie-Ange insista sur le fait qu'aucune disparition n'avait été signalée, qu'il était quasi impossible d'identifier les deux cadavres, et que l'état de la

Chapitre 23 Déception

scène du crime n'offrait aucun indice. Restait à élucider la disparition de Tony Garant et de Pascal Carette.

— Tout est lié commissaire. Le 19 avril, un homme est tué dans les anciennes tanneries, on peut penser qu'il servait de convoyeur pour les Thesis. Ce même jour, la Z4 de Carette est flashée pour excès de vitesse, elle a été volée mais Carette refuse de porter plainte car il connaît les réseaux et sait qu'il peut récupérer sa béhème tout seul. L'étau se resserre sur leurs complices, Garant et Carette disparaissent, sans doute pour se fabriquer de faux alibis. Enfin, et c'est une idée de Jérôme, depuis l'incendie du vieux squat, personne n'a revu les trois zozos qui ont volé la voiture de Carette.

— En pissant dedans, ils croyaient se moquer d'un bourgeois alors qu'en fait, ils sont tombés sur un truand.

Giachetti éclata de rire.

— Et c'est Carette qui les aurait éliminés, quelle imagination, Maigret ! Pour que ça marche, il faudrait un moyen d'identifier les cadavres du squat. A supposer qu'on y arrive, comment Carette aurait-il pu savoir que c'était eux pour sa voiture ? Enfin en quoi ça nous ramène au meurtre des tanneries ?

—Il les a peut-être vus s'enfuir ?

— Bien sûr, pourquoi pas pris en stop ! Vous n'êtes pas encore commissaire, Maigret !

Ravi de ce bon mot, Giachetti rejoignit son bureau en laissant un Jérôme profondément vexé. Marie-Ange tenta de le consoler.

— Elle n'est pas mauvaise ton idée, on va la creuser.

— Surtout qu'il y avait un jerrican dans le coffre de la Z4, tout le monde semble l'avoir oublié.

Il hésita à lui proposer une petite bouffe et préféra se taire. Il ignorait tout de la vie privée de son capitaine, que faisait-elle une fois le service terminé, rentrait-elle seule ? Elle avait sûrement un copain.

Chapitre 24   L'arche de Noé

Jérôme passait fréquemment ses soirées dans l'un des bistrots de son quartier mais, pragmatique, et puisque personne ne croyait à sa théorie, il décida

Chapitre 24 L'arche de Noé

de retourner dans celui où les trois voyous ne brutalisaient pas que le flipper. C'était le début de la soirée, il s'installa.

— Vous n'êtes pas déjà venu ? lui demanda le patron avec un clin d'œil.

— Si, j'étais avec mon chef, nous enquêtions sur cet individu.

Il sortit la photo d'Omar Ben Schaouif, le patron changea de tête.

— Vous les avez revus ?

— Non et j'suis pas pressé. C'est que ça a failli dégénérer l'autre soir. Il a cherché querelle à un de mes clients, un prof qui vient corriger ses copies ici. Le gros Ben Schaouif a volontairement renversé sa bière. Pendant qu'il rigolait en regardant ses copains, le prof a soulevé la table et la bière a coulé sur son pantalon.

— Il fallait du cran.

— C'est sûr, et ce n'était pas la première fois qu'il tenait tête aux trois affreux. Quand Ben Schaouif a senti qu'il était mouillé à l'entre-jambe, il s'est levé pour le frapper. Alors un jeune noir est entré et s'est jeté dans la bagarre. A lui tout seul, il les a jetés dehors, ça a pas traîné. Ah il n'était pas fier Ben Schaouif, ni Kalala.

— Vous pouvez me le décrire ?

— Un type plutôt mince, avec un beau visage. Ils se sont regardés sans se dire un mot, on voyait bien que ces deux-là savaient où se retrouver.

Le patron du bistrot se leva et revint avec deux bières.

— Le champagne du pauvre !

Ils trinquèrent, puis Jérôme lui demanda de raconter la première altercation, l'autre ne se fit pas prier. Jérôme n'en revenait pas.

— Vous dites que Kalala a cogné la tête de la fille ?

— Pas qu'une fois, et pas pour rire non plus. Cette petite ordure l'avait empoignée par la tignasse et vlan, vlan ! Les deux filles, c'était la première fois que je les voyais, une grande dans les vingt ans, Kalala l'a appelée Zoya. La plus jeune a dans les quatorze.

— Vous vous souvenez de la date de la première altercation ?

— Non... une petite quinzaine. La seconde, c'était il y a quatre jours, j'ai eu la trouille de ma vie.

— Donc le 26.

Jérôme nota la description du prof, un mètre soixante-quinze, la quarantaine, brun, pas le genre costaud. Il nota aussi celle de Zoya, un visage à la

Chapitre 24   L'arche de Noé

Rita Hayworth dans Gilda, chevelure splendide, nichons prometteurs et des cuisses donnant des idées, bref une belle môme.

***

Jean Pierre allait chaque matin chercher les deux sœurs au pied de leur immeuble. Aziz était là. Pendant le trajet, l'adolescent parlait à voix basse avec Aïcha, elle lui répondait d'une petite voix discrète, ces deux-là devenaient amis à une vitesse accélérée. Zoya se métamorphosait lentement. Six jours s'était écoulés depuis le coup du déguisement, six jours pendant lesquels ses plaies et bosses avaient achevé de disparaître et où la vie était redevenue normale, seule leur intimité avait grandi.

Ce matin-là, elle eut un curieux reproche.

— Tu ne m'as pas rendu mon burnous.

— Je n'en ai pas l'intention, c'est un trophée. Puis, pour changer de sujet. Ce bac, tu le veux toujours?

— Bien sûr.

— Alors on va s'y mettre sérieusement, tous les trois.

— C'est qui le troisième ?

— Aziz peut t'aider en sciences et en maths. Moi, je te soutiendrai en Lettres et langues. Á nous deux, le bac, tu l'as déjà dans la poche.

Aziz fit un sourire à son prof qui le capta, dans le rétro.

Depuis, la famille Benazouz rajoutait deux assiettes. Le rythme était invariable : le travail d'abord, quand le cerveau est encore disponible ; puis, la détente autour d'une table. Aziz était patient, clair et efficace, pendant qu'il aidait Zoya, Jean Pierre corrigeait ses copies en essayant de ne pas entendre gueuler la télévision. Puis, Aziz allait s'occuper d'Aïcha qui, elle aussi, avait du mal dans les études, cela durait plus longtemps.

Les Benazouz n'étaient pas riches, Jean Pierre allait faire les commissions dans le petit supermarché de quartier, Zoya l'accompagnait. La jeune fille avait changé, elle s'habillait de façon plus sobre, il lui en fit la remarque. Sa réponse le déconcerta.

— J'ai peur.

— Même avec moi et Aziz ? On est presque toujours là.

— Bien sûr que tu es là, et Aziz aussi. Mais tu ne sais pas ce que j'ai subi, ni Aïcha alors tais-toi. Vous les hommes, vous pensez toujours que les femmes ne sont là que pour votre plaisir. Je ne me mettrai plus jamais en mini-jupe.

Déçu, il rétorqua.

— Si tu penses à Ben Schaouif et aux deux autres, ils ne reviendront pas.

Chapitre 24   L'arche de Noé

— Comment le sais-tu ?

— Je le sais.

Zoya était incapable d'imaginer son p'tit prof capable d'avoir commis quelque chose de grave, pourtant le fait était là, depuis une semaine, on n'avait pas revu les trois voyous et tout le quartier respirait.

— Je te préviens, je ne veux pas sortir avec un assassin.

Elle attendait qu'il nie, qu'il se défende, la traite de folle, au lieu de quoi, Jean Pierre rigola franchement.

— Ce n'est pas drôle. Les assassins, la police finit toujours par les arrêter, et moi je tiens à toi.

Il rit deux fois plus fort.

— Je n'irai pas te voir en prison.

Zoya commença à imaginer le pire. Elle sentit les larmes lui monter aux yeux, pourquoi avait-il cet air si sûr de lui, ce contentement qu'elle ne lui connaissait pas ?

— Qu'est-ce que tu as fait ?

Il répondit d'une question.

— Pourquoi tiens-tu à moi ?

Elle n'hésita pas.

— Je te l'ai déjà dit, dans mon pays les princes charmant ont tous quarante ans.

— Je ne suis pas un prince charmant !

— C'est dommage, car ils épousent toujours les jeunes filles.

— Tu veux que je t'épouse ? C'est de la folie, regarde toi et regarde-moi !

— Alors disons que je veux réussir mon bac, et que pour cela j'ai besoin de toi.

Il y eut un temps de silence, Zoya le voyait tel qu'il était. Elle se sentait bien avec lui, la différence d'âge importait peu, c'était plus un atout qu'un handicap. Lui, de son côté, crevait de désir, mais c'était pure folie de se croire un avenir avec cette fille.

— Je n'irai pas en prison et tu auras ton bac. Après, tu deviendras une ravissante institutrice et tu me fermeras ta porte au nez en disant *« c'est qui ce vieux qui m'voulait en minijupe pour zieuter mes cuisses ? »*

—Imbécile !

Chapitre 25   Confidences

Carette avait une adresse officielle, mais quand Marie-Ange s'y était rendue avec Dargier, il n'y

Chapitre 25 Confidences

avait personne. C'était un simple studio dans un immeuble banal de banlieue. Les voisins ne le connaissaient pas et ne l'avaient jamais vu, son adresse officielle était donc une fausse piste et il fallait le chercher ailleurs. Pourtant, lorsqu'il avait été convoqué une première fois pour la Z4, il était venu, donc il relevait sa boîte aux lettres. Si la planque devant chez Carette ne donna rien, Garant, lui, se fit coincer tout de suite, Marie-Ange et Dargier l'emmenèrent manu militari au commissariat où l'interrogatoire fut mené rondement. Garant avoua qu'il était rue des anciennes tanneries le 19 avril, mais prétexta qu'il essayait une voiture avant de l'acheter.

— Une Lancia Thesis, nous le savons, nous avons appréhendé le propriétaire et ses complices. Ils ont avoué qu'ils se livraient au trafic de voitures volées.

Garant pâlit.

— Pascal Carette était-il avec vous ?

L'autre secoua la tête.

— J'étais tout seul.

— Ce n'est pas ce que dit notre témoin. J'imagine que vous connaissez l'adresse de Pascal Carette..

Garant donna celle du studio.

— Je peux m'en aller ?

— Dès que vous nous aurez donné la bonne adresse, celle-là est bidon et vous le savez parfaitement.

Garant soupesa ce qu'il y avait de moins risqué. Carette était dangereux, c'était un maniaque, il tuait toujours de la même façon, le poignard. Il en portait deux sur la poitrine à la façon des holster de la police. Le poignard était une arme sûre, silencieuse ; avec elle, pas de risque que l'arme s'enraie.

Il griffonna quelques mots sur une feuille de papier. C'était à quelques centaines de mètres du studio.

Á peine sorti, Garant appela Carette, la conversation fut brève.

— Je sors de chez les flics, quelqu'un nous a vus aux tanneries, ils savent pour la Lancia, ils ont arrêté les trois autres et s'ils parlent …. Ils voulaient avoir ton adresse.

— Ils l'ont déjà.

— La vraie.

Il y eut un temps de silence, puis la réponse de Carette claqua comme un ordre.

— Viens.

Garant se garda bien d'obéir, il lui fallait fuir, vite. Il se précipita chez lui, jeta dans une valise quelques vêtements, de l'argent liquide et un

Chapitre 25   Confidences

flingue. Puis dévala l'escalier avec une fébrilité qu'il ne se connaissait pas. La voiture était là, il ouvrit le coffre, se pencha pour y placer la valise et se redressa. Le sifflement l'alerta mais c'était trop tard, la lame se planta profondément dans sa poitrine. Il ressentit une impression de froid, très fugitive, puis ses jambes fléchirent et il vit qu'il tombait. Il esquissa le geste de porter ses mains sur le manche du poignard pour tenter de l'arracher mais déjà il ne voyait plus, tout était noir.

Carette s'approcha et retira son arme qu'il essuya sur le pantalon de sa victime. Puis il bascula le corps dans le coffre de l'auto, s'installa au volant et démarra. Il n'alla pas loin et se gara à l'angle de la rue voisine. Il savait que si quelqu'un l'avait vu, c'était dans les minutes qui suivraient que la police se manifesterait. Il descendit du véhicule, alluma une cigarette qu'il fuma en observant. Rien. Il fuma une seconde cigarette, puis une troisième. Quelques traces de sang signaleraient peut-être l'endroit où il avait tué Tony mais il faudrait peu de temps pour qu'elles disparaissent. Il se contraignit à attendre une demi-heure puis démarra à nouveau. Il savait maintenant qu'il avait le temps, il pouvait faire disparaître le cadavre de Tony sans se presser. Que dirait-il aux flics ? Si quelqu'un les avait vraiment vus dans le quartier des tanneries, il fallait mieux avouer qu'il était dans la Lancia. Les flics ne pourraient pas aller plus loin et mettraient le crime sur le compte de Garant. Comment pourraient-ils savoir qu'il lui servait d'intermédiaire avec la bande à Murzuq ? En attendant, il fallait mieux ne pas remette les pieds chez lui pendant quelques temps.

La voiture banalisée était garée sur le trottoir d'en face, Jérôme s'ennuyait. C'est long une planque, on ne peut pas lire le journal, on ne sait pas combien de temps on va rester et même si ça servira à quelque chose, tout ça n'avait rien de folichon. Heureusement, il y avait Marie-Ange qui le taquina.

— Ta première planque Maigret, c'est excitant !

— Ne m'appelle pas comme ça, je sais très bien que tu le fais pour te moquer. Tu veux un croissant ?

Marie-Ange accepta. Entre deux bouchées, Jérôme revint sur la question qui l'obsédait.

— Je suis retourné au petit bar, il est sympa le patron. Je lui ai demandé si les trois affreux étaient revenus et bien tu me croiras si tu veux mais, ils semblent avoir disparu.

— Tu y tiens à ton idée !

Jérôme hésita à lui parler du prof et de la jeune fille, il avait peur qu'elle se moque et de fait, ce fut le cas. Elle lui prit affectueusement le menton et le secoua comme on tance un enfant.

Chapitre 25   Confidences

— Mon petit Maigret est sur une piste, t'es mignon tu sais. C'est vraiment une vocation chez toi, ça t'es venu comment ?

Il laissa pour plus tard l'agression de la fille et lui raconta une jeunesse sous le signe des moqueries.

— A l'école, au début de l'année, quand je disais mon nom tout le monde éclatait de rire.

— Et encore, tu étais un garçon, alors imagine toi à ma place ! Dès que mes seins ont poussé, le grand jeu de mes profs, c'était de me demander de me présenter. J'étais rouge pivoine, morte de honte.

— C'étaient des salauds, un adulte n'a pas à humilier un enfant. Les plaisanteries sur mon nom n'étaient jamais méchantes, c'étaient des trucs du genre, *« pour quelqu'un qui passe sa vie dans les bistrots à bouffer des andouillettes vin/blanc vous êtes plus mince que dans vos films ! »*   Je me suis habitué.

— Pas moi.

Jérôme ne fit pas de commentaires.

— Les gens normaux sont incapables d'imaginer le poids d'un patronyme dans un destin individuel. Au départ, je ne voulais pas devenir flic, je me voyais plutôt enseignant, mais quand j'ai commencé à en parler, mes profs les ont multipliées. *« Avec un nom pareil, vous serez la terreur des cancres»,* ou encore *« les tricheurs n'auront qu'à bien se tenir».*

— Alors que si tu t'étais appelé Michel De Gaulle, tu aurais dû raser les murs chaque 18 juin sous peine d'entendre, *« tous avec vous, mon général »*.

Mis en confiance, Jérôme osa une plaisanterie sur le physique de son capitaine.

— J'imagine que tu as du te faire peloter les seins deux fois plus que les autres filles du lycée ?

— Seulement quand j'en avais envie, sinon les mecs s'en souviennent encore.

Suivit un instant de silence. Jérôme n'osait pas lui demander si elle avait quelqu'un dans sa vie. De son côté, Marie-Ange se méfiait car Jérôme lui plaisait. Elle préférait sa timidité au rentre-dedans vulgaire auquel les hommages masculins l'avaient habituée. Il avait incontestablement beaucoup de charme, et dix ans, c'était trop peu pour creuser un réel écart.

— Alors, la suite ?

— J'aimais bien les matières scientifiques, j'ai demandé à mon prof de biologie s'il me voyait en médecine. Il m'a regardé un long moment, *« avec vous, tous les délinquants du cholestérol finiront à la Santé »*. La vanne a fait le tour du lycée.

Marie-Ange pouffa, puis redevint grave.

— Ton enfance a été plus drôle que la mienne, moi, c'était plus cruel.

Chapitre 25   Confidences

— Tu n'avais pas d'amie pour te défendre ?

— Si, mais …

— Tu es devenue très vite la plus jolie. Elles étaient jalouses.

Elle haussa les épaules, fataliste.

Jérôme n'osa pas renouveler son timide aveu et enchaîna ses confidences.

— J'ai décidé de ne plus parler de mon avenir à mes profs. J'aimais les études mais un métier manuel ne m'aurait pas déplu, j'adore cuisiner.

— Il faudra m'inviter.

— Tu viendrais ?

— Bien sûr, avec des fleurs, à moins que tu ne préfères les chocolats.

Jérôme commença à fantasmer dur. Du coin repas au canapé, il n'y a qu'un mètre cinquante, a-t-on le droit de faire l'amour à son capitaine quand on est stagiaire ? De telles pensées devaient se lire sur son visage car Marie-Ange lui décocha un sourire ravageur, puis se ravisa. L'idée qu'il s'imagine la culbuter entre la poire et le fromage la troublait de plus en plus.

— Raconte-moi la suite, c'est amusant.

— J'ai voulu me faire une opinion. Le boucher de mon quartier a accepté de me prendre quelques heures. J'ai appris à affuter les couteaux, à nettoyer le plan de coupe, à nouer les rôtis, les paupiettes, à désosser.

— Tu es un gars précieux pour une femme. Est-ce que tu sais aussi passer l'aspirateur et faire la poussière ? Tourner une lessive ?

— Ne te moque pas, c'est en nouant un rôti que tout a dérapé. Je m'embrouillais avec la ficelle, mon boucher s'est esclaffé, *«passe lui les menottes, ça ira plus vite »*.

— Pauvre chéri !

— J'ai été élevé avec trois sœurs, donc dans une atmosphère très peu virile, et sans être efféminé, ça m'a donné une nature calme. J'aime la délicatesse, la douceur, je n'aime pas faire de la peine.

— Dis-donc, tu ferais le mari idéal, toi !

— Epouse-moi, répondit-il du tac au tac, sans réfléchir.

— Pour devenir madame Maigret ! Je vois déjà Giachetti se tordre les côtes !

Heureux de voir qu'elle le prenait en rigolant et content d'avoir osé, Jérôme enchaîna.

— J'ai réfléchi, pourquoi pas coiffeur ? Rachel, une belle rousse d'une quarantaine d'année, sans enfant, sans alliance, a proposé de me donner

Chapitre 25 Confidences

des cours du soir. Je voyais déjà en elle une initiatrice où l'habileté des mains promettait un jardin de délices.

— Jeune cochon !

— Non. J'ai toujours aimé démêler les cheveux des femmes, sentir l'odeur de leur peau, les écouter se raconter. Je nous imaginais sur le sofa de l'arrière-boutique, nous livrant à de doux apprentissages …

— Arrête, je lubrifie !

— Tu déconnes ?

— Oui, couillon, il m'en faut plus que des émois de jeunes puceaux. Alors, ta belle rousse, tu l'as sautée ?

— Non. Elle avait fini de me coiffer, sa caresse devenait plus intime, moins professionnelle quand elle a rajouté … *« Pourtant, avec le métier de votre père ! Vous n'avez pas envie de faire carrière dans la police ? »*

— Pauvre amour !

Une voiture se gara, un homme en descendit. Marie-Ange sortit les jumelles et surveilla la boîte-aux-lettres de Carette.

— C'est pour nous ! On le suit !

Ils le pistèrent jusque loin dans la banlieue et atteignirent un garage en bordure de départementale. Derrière les hangars délabrés, un cimetière d'automobiles, ceint d'un haut grillage, signalait une casse de voitures, l'idéal pour dissimuler un trafic de bagnoles. Marie-Ange et Jérôme cherchèrent un endroit discret d'où observer.

— Carette est là, lui dit-elle dans un souffle. Il ouvre notre convocation.

Le garage semblait avoir un fonctionnement normal, on y réparait les voitures, on désossait celles qui partaient au recyclage.

— On rentre.

Chapitre 26   Premiers ennuis

Aziz était moins attentif et Jean Pierre savait pourquoi, Aïcha occupait toutes ses pensées. Pour lui, c'était pareil, il croisait Zoya de plus en plus souvent dans les couloirs du lycée et ils échangeaient quelques mots.

— Alors, cette interro d'anglais ?

— Elle a marché super, grâce à toi.

Entre deux cours, ils ne se quittaient plus, au point que les collègues commençaient à jaser. Tous avaient remarqué qu'il arrivait le matin bien accompagné, et repartait de même le soir.

Chapitre 26 Premiers ennuis

— Vous êtes en ménage à trois, ma parole, lui avait demandé Georges, prof de math et brave type, mais parfois trop curieux.

— Je suis écolo, je pratique le covoiturage. Tu y vois un problème ?

— Et pendant les récrés, c'est aussi du covoiturage ?

— Non, c'est du soutien scolaire.

— Avec la plus belle fille du lycée !

— C'est exagéré mais je reconnais que Zoya est très jolie.

— C'est pour être digne de toi qu'elle ne met plus de minijupes ?

— Parce que tu regardes ça, toi !

Même Cécile, prévenue par quelque bonne âme, était venue faire une sorte de scandale.

— Il parait que tu sors avec une de tes élèves à présent ? Une algérienne ! C'est du propre !

Il avait préféré en rire, surtout que, peu après et à sa grande surprise, Louise avait recommencé à lui parler et même à se rapprocher de lui. Ça faisait branché, un père qui séduit une beurette. Sandra aussi trouvait ça très bien, elle avait demandé à rencontrer Zoya.

— J'suis sûre qu'elle a plein d'trucs dingues à m'raconter.

Le soir, quand ils travaillaient tous les quatre chez les Benazouz, une mince cloison permettait à Jean Pierre de saisir des bribes de conversation qui n'avaient aucun rapport avec les maths. Ils avaient cru comprendre que la petite jeune fille et le bel adolescent étaient devenus plus qu'amis. Tout en se réjouissant pour sa sœur, Zoya était un peu agacée de ne pas en être là avec son petit quadra si timide.

— Elle a de la chance, Aïcha, disait-elle avec des regards appuyés. Jean Pierre devenait tout rouge mais n'osait rien. Tu vis seul désormais, rajoutait-elle.

— Oui, Cécile a pris un avocat, le divorce étant demandé par consentement mutuel, j'ai bon espoir que les choses aillent vite et se passent bien.

Elle n'osait pas lui demander d'aller chez lui.

Il n'en était pas moins vrai que le proviseur surveillait discrètement Jean Pierre, qui s'en était aperçu et passait outre, retrouvant la jeune fille à chaque récréation.

— Tu es mon prince, répétait-elle, très sérieuse.

Réaliste, il préférait y voir une mise en boîte un peu lourde, mais acceptait le mot, si peu adéquat soit-il.

— Un vieux prince !

Chapitre 26 Premiers ennuis

— Si tu continues à dire ça, je ne t'adresse plus la parole.

La menace n'était pas sincère.

Les carrières se font et se défont sur une rumeur, ce n'était pas le moment d'avoir des ennuis avec sa hiérarchie, aussi prit-il la décision d'aller manger chaque midi dans le petit bar où il avait fait la connaissance de Zoya. Au moins échapperait-il aux remarques indiscrètes des collègues. Il en fit part à Zoya.

— Pourquoi tu ne m'emmènes pas ?

— On nous voit déjà trop ensemble.

— Tu as honte de t'afficher avec une arabe ?

— Tu dis n'importe quoi !

— Alors, emmène-moi, il n'y a pas de loi qui empêche un prof de manger avec une élève.

Il avait cédé. Au moins, ils étaient bien pour travailler.

De son côté, Jérôme avait tenu à peu près le même discours.

— Mais enfin Marie-Ange, le boulot c'est le boulot, faire la pause de midi ici où là, c'est un détail.

— Le petit bar est plutôt minable. Je sais que le hamburger/frites et la micro-ondes sont les deux mamelles de la petite restauration, mais je préférerais un endroit plus confortable.

— Rien qu'une fois.

— Ça sent le traquenard.

Le patron les accueillit amicalement.

— Alors, tout va bien au commissariat, pas trop de chiens écrasés ?

— Ça va. Et vous, vos trois loubards, toujours pas de nouvelles ?

— Non, bon débarras.

— C'est le prof et sa copine qui doivent être contents. Ils sont revenus ?

— Oui, ils sont là, regardez…

Jérôme suivit son regard. Un couple travaillait, penché sur des feuilles de cours. La fille semblait très à la colle, le prof se retenait à grand peine pour ne pas la dévorer des yeux.

— Si vous voulez leur parler, c'est maintenant, car ils vont bientôt partir.

— Non-non, merci, ça peut attendre.

Marie-Ange eut une mimique de surprise.

— Tu m'expliqueras ?

— La fille me rappelle une copine d'école.

Chapitre 26   Premiers ennuis

— Prends-moi pour une conne.

Marie-Ange n'était pas contente, et ce fut pire quand elle le vit poser son hamburger et se lever d'un bond.

— Où vas-tu ?

— T'acheter des chocolats.

Le couple venait de sortir, Jérôme les suivit discrètement. La fille fit un geste pour lui prendre la main, il semblait de ne pas s'en rendre compte. Ils s'engouffrèrent dans une petite Fiesta dont il nota le numéro, puis rejoignit Marie-Ange.

Quand il rentra dans le bistro, elle était très en colère. Il lui tendit sa boîte de chocolats.

— Tu me traînes ici presque de force. On commence à peine à manger que tu te lèves comme un fou pour suivre un couple dont la fille ressemble à une copine de classe. Je t'attends un quart d'heure et tu m'offres un cadeau. Maintenant j'en suis sûre, tu me prends pour une conne ou tu me fais la cour, choisis !

— Je te fais la cour, répondit-il du tac au tac.

— Ça ne me fait pas rire. Tu m'expliques tout, tout de suite.

— Je ne peux pas.

— Tu préfères refaire équipe avec Dargier ?

Jérôme désigna la salle du regard, le patron, les autres clients. Marie-Ange accepta le deal.

— D'accord, ce soir, chez toi, devant un bon repas.

— Merci.

— Je déteste qu'on me fasse des cachotteries, Jérôme Maigret. Et encore moins quand il s'agit d'un type sous mes ordres.

Ils rentrèrent au commissariat en faisant un détour par le plus proche lycée, la Fiesta était là. Marie-Ange vit qu'il ralentissait et regardait attentivement la voiture, elle eut un sourire moqueur mais ne fit pas de commentaires. Jérôme patienta jusqu'à l'extrême fin de l'après-midi et se présenta au lycée.

— Je suis policier, je recherche une jeune fille qui est élève dans votre établissement. Je sais juste son prénom, Zoya.

— Attendez, je consulte les listes …. Nous avons trois Zoya.

Jérôme dépeignit la jeune fille, grande, une vingtaine d'années, des cheveux longs et ondulés.

— Celle que vous me décrivez doit être Zoya Benazouz. Regardez.

Chapitre 26 Premiers ennuis

L'ordinateur offrait les trois portraits réalisés à la webcam, mais ressemblants. Il n'y avait pas de doute, seule Zoya Benazouz ressemblait à la fille qu'il avait vue dans le petit bistrot. Jérôme recopia l'adresse et remercia.

— Elle a fait quelque chose ?

— On a retrouvé son scooter. Encore merci.

Il se dépêcha de partir avant que l'autre ne se pose trop de questions.

Jérôme contempla son petit royaume. Marie-Ange allait trouver l'endroit minable, la panique le gagna. Il avait trouvé un appartement dans la moyenne banlieue. C'était un immeuble ancien, de trois étages, avec une cage d'escalier peu reluisante aux marches en pierre, donc arrondies, usées et glissantes. La rampe était massive, en acier noir, sans décoration, strictement utilitaire. C'était laid mais ça ce ne sentait pas mauvais comme parfois les parties communes des vieux immeubles. L'appartement qu'il occupait étant la réunion d'un studio et d'un P2, tout y était mal agencé. Un couloir imbécile mangeait beaucoup de places. Le salon comportait une ancienne alcôve où il avait installé son bureau. Le coin repos portait mal son nom, le canapé était fatigué, la table basse défraîchie et le meuble télé attendait un poste. Même la chambre à coucher n'était guère pas confortable, une ancienne cheminée peinte en noire donnait un petit air ancien, mais elle était aussi inutile qu'encombrante. De curieux placards encastrés dans la maçonnerie partaient du plafond pour s'arrêter à mi-hauteur, c'était bizarre. Heureusement, il était maniaque. Tout était rangé, propre, en ordre, soigné. Il n'avait qu'à se préoccuper du repas. Allait-il cuisiner ou plus simplement s'adresser au traiteur de l'angle ? Cuisiner alors qu'il était dans un état de nervosité avancé, c'était prendre des risques, le traiteur fit l'affaire. Il prépara soigneusement la table, se changea, hésita entre une tenue sport ou une cravate et attendit.

A vingt heures on frappa, il ouvrit, à la fois excité et crispé, Marie-Ange était moins compliqué, elle portait son habituel cuir noir. Elle lui tendit un paquet.

— Je t'ai amené des bonbons parce que les fleurs, c'est périssable.

Il éclata de rire.

— C'est vrai que je t'adore.

Elle lui sourit.

— Je ne suis pas là pour la drague mon petit Maigret, dis-moi tout.

Jérôme raconta les deux agressions, le rôle du prof, l'intervention du jeune noir. Marie-Ange hocha la tête gravement.

— Ce n'est pas suffisant mais fais quand même un rapport.

Chapitre 27 Défaillance d'un capitaine

Carette se présenta au commissariat avec la sérénité de l'homme qui se sait en sécurité. La bande à Murzuq ne le connaissait pas, Tony Garant était au fond du fleuve roulé dans une couverture lourdement lestée, aucune voiture volée n'attendait son convoyage, tout était clean. Quand Marie-Ange lui demanda ce qu'il faisait le 19 avril dernier, il fit semblant de ne pas se souvenir puis évoqua l'essai de la Thesis avec Garant.

— On est passé par le quartier des anciennes tanneries. On roulait tout doucement car il y avait un cliquetis dans la boîte automatique. On voulait écouter.

Marie-Ange savait que Carette serait difficile à coincer.

— Un homme y a été tué, ce même jour. L'assassin l'a poignardé puis a brûlé le corps. Vous ne voyez pas de quoi il s'agit ? Non ? Bon. Quand votre Z4 a été retrouvée, quelques jours après ce meurtre, il y avait un bidon d'essence dans le coffre. Coïncidence ?

— On était en Lancia !

— Bien sûr, j'oubliais.

Pascal Carette était un homme prudent, ça sentait le cramé dans le trafic de voitures volées, il était temps de changer de profession. Il examina froidement les possibilités qui s'offraient à lui. Les dealers formaient un groupe organisé et dangereux, il y fallait un grand nombre d'intermédiaires et les risques étaient importants. Les filières de clandestins rapportaient gros mais, là encore, il fallait toute une organisation, des contacts et s'exposer à de multiples menaces. Il était plus facile de se faire une place, fut-ce à coup de couteaux, dans le milieu de la prostitution. Les grandes villes regorgent d'individus frustrés, que ce soit à cause d'un physique ingrat ou d'une vie conjugale médiocre.

Il n'était pas question de s'intégrer à la pègre qui hantait les arrières du marché gare. Les filles y étaient maquées et, à l'image de leurs camping-cars, défraîchies et usées. Il fallait trouver un quartier neuf, créer une clientèle de gens peu habitués à fréquenter les putes et qui n'en deviendraient que plus dépendants quand ils obtiendraient pour cinquante euros ce que leurs femmes n'imaginaient même pas

Chapitre 27 Défaillance d'un capitaine

leur offrir une fois par an. Il prospecta dans le quartier de la gare. L'absence de concurrence et surtout le fait de ne pas avoir à affronter d'autres souteneurs, le convainquirent que c'était le bon choix. Il chercha une fille qui se laisserait prendre au piège de belles paroles, de cadeaux faciles et de promesses alléchantes, Saadia Malou étaient de celles-là. La prostitution ne lui faisait pas peur, pourvu qu'elle ait un protecteur, s'allonger rapportait plus que huit heures d'aspirateur ; en plus, Carette avait une belle gueule.

Sembene Kalala se terrait depuis plusieurs jours dans une cave du quartier de la gare. Il était terrorisé et surtout affamé. Il sortait la nuit pour faire les poubelles, se nourrissait de yaourts périmés, de fruits pourris et de pain moisi. Sorti pisser dans le jardin, il avait reconnu la Z4 et déguerpi sans demander son reste. La maison avait cramé, Omar et Ben étaient restés dessous.

※
※※

Jean Pierre venait de garer sa voiture devant l'immeuble des Benazouz, lorsqu'il vit sortir Zoya sans sa sœur.

— Aïcha est malade ?

— Oh non, c'est tout le contraire. Elle a préféré prendre le car avec Aziz. Ils sont partis bien en avance pour faire durer le moment d'être ensemble. Tu ne préfères pas qu'on soit seuls tous les deux ?

Aucun homme ne peut résister à ce genre de propos. Dans les jours qui suivirent, Aziz sécha les cours régulièrement. Le proviseur s'en inquiéta mais comme Aziz n'avait pas de parents et vivait en foyer, il n'obtint que de vagues explications. Jean Pierre pensait qu'Aïcha faisait de même et que les deux adolescents se donnaient du bon temps. Aziz multiplia les absences injustifiées pendant huit jours, puis tout rentra dans l'ordre. Jean Pierre, soulagé, lui passa une légère mercuriale en lui rappelant que la meilleure case départ pour préparer son avenir restait de solides études et qu'il en était capable. Pour Zoya aussi, ça allait mieux, dans deux mois elle passerait son bac, le réussirait certainement et s'inscrirait en fac. Lui resterait seul.

L'équipe de France de football venait de se qualifier pour les quarts de finale de la coupe du monde, des pirates avaient pris en otage un pétrolier géant, on annonçait le retour des Rolling Stones pour une tournée mondiale et certains hommes politiques défrayaient la chronique par leur vie sentimentale agitée. La découverte du cadavre de Sembene Kalala, atrocement mutilé, ne fit pas la Une des journaux, mais il avait été castré, Carette fournissait donc un suspect de poids. Le quartier de

Chapitre 27 Défaillance d'un capitaine

la gare s'étendait entre la voie ferrée et le fleuve, la recherche de témoins y fut plus facile que pour le meurtre des anciennes tanneries, friche industrielle quasi déserte. Marie-Ange et Jérôme interrogèrent les commerçants, montrant en premier la photo de Sembene Kalala. Celle de la Z4 eut plus de succès.

— Je l'ai déjà vue, cette bagnole, déclara le boulanger.

— Et son propriétaire ?

— Oui, il est depuis peu de temps dans le quartier mais on ne peut pas le rater, un type fier, qui vous regarde de haut en bas.

C'était un premier pas, même si le boulanger ne pouvait pas en dire plus, vu qu'à l'heure du crime, il était à son fournil.

En sortant dans la rue, un vacarme assourdissant leur signala l'arrivée du camion de ramassage des ordures ménagères. Jérôme se précipita et montra la photo de Sembene Kalala, puis celle de Carette. Aucun des trois hommes ne les reconnut.

— Et cette voiture ?

— Y-a la même, souvent garée dans une petite impasse à cinquante mètres d'ici, dit l'un d'eux.

C'était tout près de l'immeuble où Kalala avait été torturé. Jérôme insista.

— Vous êtes sûrs qu'aucun de vous n'a vu le propriétaire?

— Moi, je l'ai vu, fit l'un des trois.

— Pourtant, tout à l'heure, vous avez dit le contraire.

— Parce que je l'ai pas associé avec la bagnole mais maintenant, je le reconnais. Il faisait sombre. Quand je me suis approché pour ramasser les poubelles, le type a allumé une cigarette. Avec la flamme du briquet, j'ai bien vu la cicatrice.

Marie-Ange lui demanda de passer au commissariat enregistrer sa déposition. Giachetti prévint le parquet, le procureur nomma un juge d'instruction qui rouvrit l'enquête sur l'incendie du squat et demanda un nouvel examen des poignards trouvés dans les décombres. Malgré tous leurs efforts, les spécialistes de la brigade scientifique ne purent identifier formellement les restes calcinées. Il aurait fallu des indices précis : ADN, archives dentaires ; or, il ne restait plus grand-chose. Carette reconnut avoir rodé du côté de l'avenue de la gare, mais avec un motif précis.

— J'y ai une copine capitaine, je l'attendais.

— Son nom, son adresse.

Carette donna celle de l'appartement dans lequel Saadia Malou vendait ses charmes à son profit.

Marie-Ange le mit en garde à vue et fit venir la fille. C'était une belle plante entre vingt et trente

Chapitre 27 Défaillance d'un capitaine

ans, qui ne fit aucun mystère de gagner sa vie en pratiquant le plus vieux métier du monde. Elle expliqua qu'avant elle travaillait en solo mais elle s'était fait récemment agresser.

— Pascal me protège.

— Bref, c'est votre souteneur.

— La prostitution n'est pas interdite et je fais ce que je veux de l'argent que je gagne.

— Il a peut-être organisé une fausse agression.

Saadia Malou n'y avait pas pensé.

— Carette prétend qu'il avait rendez-vous avec vous très tôt, vous confirmez ? Réfléchissez bien, nous enquêtons sur un meurtre, si vous mentez pour lui fournir un alibi, vous devenez complice, c'est dix ans de prison.

— On devait partir à Grenoble pour visiter un studio. Il est pas venu.

— Il était là pourtant, nous avons un témoin.

Carette confirma.

— Elle est jolie Malou, et encore jeune. Je voulais faire l'aller et retour dans la journée, c'est pour ça que je suis venu aussi tôt.

— Et alors ?

— C'était à elle de descendre, je l'ai appelé sur son portable mais ça répondait pas. J'ai pensé qu'elle n'était pas là, j'suis parti.

— Vous n'êtes pas patient.
— Non.

Le relevé de portable confirma l'appel, néanmoins le juge estima avoir suffisamment d'éléments pour ordonner une mise en examen. Une perquisition au domicile de Carette permit d'y trouver une impressionnante collection de couteaux et poignards, ainsi que les étuis permettant de les porter discrètement. On trouva aussi une paire de chaussures dont les empreintes correspondaient à l'une de celles trouvées sur les lieux du crime. La scientifique permit d'établir que la poussière trouvée sur les semelles était la même que celle de la cave.

*
**

Marie-Ange était très déçue, elle aurait aimé conduire l'enquête elle-même mais par ordre hiérarchique, il était normal que Giachetti la confie à Chabrier, plus gradé. Le commandant se saisit du dossier, c'était accablant. Une fouille en règle du garage permit de découvrir des malversations dans la comptabilité et surtout un trafic de cartes grises. Pour le meurtre des tanneries, la présence de Carette sur le lieu du crime constituait une forte présomption que la disparition de Garant renforçait. Restait l'assassinat de Sembene Kalala, s'il réussissait à

Chapitre 27 Défaillance d'un capitaine

faire la preuve que Carette connaissait les trois voleurs de la béhème, il pourrait le rattacher à l'incendie du squat et là, Carette aurait du mal à s'en sortir.

✳︎✳︎

En attendant qu'il ait besoin d'eux, Giachetti renvoya Marie-Ange et Jérôme à la routine d'un commissariat de grande ville. Il y avait beaucoup de travail, Jérôme enregistrait les plaintes, vérifiait les témoignages, faisait des patrouilles avec Marie-Ange et redoutait le moment ou Giachetti le changerait de supérieur.

Une personne âgée avait téléphoné pour se plaindre de ses voisins qui passaient toutes leurs soirées à se disputer, elle entendait des cris, des bruits de meubles qu'on renverse et le bébé hurlait.

— Je connais ce couple, la femme est venue plusieurs fois couverte de bleus, se rappela Jérôme.

— J'y vais, répondit Marie-Ange.

— Je t'accompagne.

— Non, tu es trop sensible, offrir une oreille compatissante aux oubliés du bonheur, ce n'est pas forcément leur rendre service. Dans ce métier, il faut être indestructible et ce n'est pas ton cas. J'emmène Dargier.

Marie-Ange alla donc sermonner le mari, et, quand elle rentra au commissariat, il était tard, elle semblait fatiguée, c'était la première fois que Jérôme voyait la fragilité percer sous la carapace.

— Ça s'est mal passé ?

— Il l'a à nouveau tabassée mais elle refuse de porter plainte. On se demande parfois si vivre seul n'est pas préférable.

— Être deux, c'est bien aussi, surtout si le mec est un type qui a des principes et qui respecte les femmes.

— Comme toi ?

— Oui.

— J'adore quand tu rougis. Si c'est une invitation, j'accepte.

La perspective d'une soirée agréable et peut-être plus, en compagnie de Jérôme la séduisait. À ses côtés, elle se sentait à nouveau femme ; allait-elle vers d'amères désillusions ? Non, elle ne lui soupçonnait aucune arrière-pensée, c'est d'elle-même qu'elle se méfiait. Quatre ans la séparaient de la quarantaine, elle n'avait pas fait de projets d'avenir, pas de plan, tous les hommes qu'elle avait rencontrés jusqu'alors étaient des médiocres ou des butors. N'attendant pas grand-chose de de la gente masculine, Marie-Ange professait comme philosophie le *carpe diem* des anciens et prenait les choses

Chapitre 27 Défaillance d'un capitaine

comme elles se présentaient. Á condition de ne pas tomber amoureuse.

L'appartement de Jérôme était toujours d'une propreté proche de la maniaquerie mais elle le vit avec d'autres yeux.

— C'est vieillot, les alcôves, autrefois, c'est là qu'on mettait le lit et qu'on faisait l'amour.

A peine avait-elle prononcé cette remarque en riant que Marie-Ange la regretta, ce grand nigaud allait-il s'imaginer qu'elle lui proposait de coucher ? Elle sentit qu'elle rougissait.

— Ne me regarde pas comme ça, j'ai dit une connerie, ça arrive à tout le monde !

— Tu es splendide.

— Tais-toi, grand con.

Marie-Ange portait son habituel cuir noir qui moulait ses formes. Le blouson était si ajusté qu'il devait être impossible de le fermer, surtout avec une telle poitrine. Elle vit qu'il regardait ses seins et se surprit à y prendre plaisir.

— L'alcôve, c'était l'époque où les femmes portaient des robes !

— C'est un regret ou un reproche ? dit-elle, se sentant faiblir.

— J'essaie juste de t'imaginer habillée en femme.

— Ça m'arrive.

— Vraiment, tu te mets en robe parfois ?

— Oui, et même en minijupe, si j'ai envie de plaire à un mec.

Il déglutit.

— Ça doit être génial.

Alors, elle prit sa décision et le regarda droit dans les yeux.

— J'enfile aussi un porte-jarretelles, à l'occasion.

Cette fois, c'était clair.

— Les alcôves, c'est démodé pour faire l'amour.

— Et celle-ci n'a pas de lit !

Marie-Ange n'avait pas eu souvent l'occasion de jouer les allumeuses, elle n'avait qu'à paraître et les hommes devenaient fous. Pour la première fois, elle sentait la puissance que lui conférait sa beauté. Jérôme était intimidé, c'était drôle et surtout bon d'être en confiance, de se laisser aller.

— J'ai faim, qu'est-ce que tu comptes nous préparer ?

Le repas ne tint pas ses promesses, Jérôme se trompa sur les temps de cuisson et l'assaisonnement. Heureusement, il avait un bon vin et des verres élégants.

Chapitre 27   Défaillance d'un capitaine

Pendant qu'il faisait la vaisselle, Marie-Ange se lova dans le vieux canapé où creux et bosses alternaient, malmenant les fesses. Elle observait Jérôme et son grand tablier, il était mignon, c'était un moment d'une grande douceur. Puis, quand il traîna dans la cuisine, fuyant son regard, tournant en rond, ça l'agaça.

— Tu ne viens pas t'asseoir ?

— Tu es trop belle et ton regard me fait peur. Si je viens, je vais te sauter dessus et tu m'as déjà dit que les mecs qui avaient osé te toucher s'en souviennent encore. Et puis ,il faut essuyer la vaisselle.

— Elle sèchera sans toi, viens, la prochaine fois je me mettrai en robe.

Le sous-entendu le fit bander, il eut peur qu'elle s'en aperçoive.

— Le repas sera pire !

— Surtout si je suis en porte-jarretelles, tu laisseras brûler les steaks. Tu ne veux pas venir plus près ?

— Le canapé n'est pas très solide, pour des ébats.

— Qui te parle d'ébats ? Viens.

Et pourtant ils en étaient bien là. Une femme qui s'offre, c'est troublant, surtout quand elle est aussi belle.

Marie-Ange avait raison sur un point, ce ne furent pas des ébats, au sens bourgeois du mot. Ce fut violent, passionné, torride. Il en sortit épuisé et elle, apaisée. Dieu merci le canapé se révéla assez solide.

Chapitre 28 Demi-aveu

Chabrier travailla avec méthode sur le dossier du Gang des poubelles, c'est ainsi qu'il remonta jusqu'au patron du P'tit Bar. Plusieurs points de détail l'interpellèrent, il demanda à Marie-Ange des explications. Elle lui rapporta ce que Jérôme avait découvert, l'agression de Zoya, l'intervention du prof, le fait que Ben Schaouif et les deux autres avaient leurs habitudes dans ce bar.

— Pourquoi n'a-t-il pas fait de rapport ?

— Le lien entre la disparition du Gang des poubelles et l'incendie du vieux squat n'a jamais été établi. Chaque fois qu'il a tenté d'en parler, tout le monde s'est moqué de lui.

Chabrier ne nia pas.

— Il faut retourner dans ce bar, y montrer la photo de Carette et interroger les habitués, le patron et même le prof et cette fille.

Chapitre 28 Demi-aveu

*
**

Seul, le patron reconnut le truand.

— C'est la cicatrice, il est venu deux fois, la première, pour des cigarettes et la deuxième fois, lorsque les trois types m'ont menacé de pisser sur mes sièges si je n'amenais pas des bières fraîches.

Jérôme le regarda stupéfait.

— Carette était là ? Vous êtes sûr ?

— Oui.

— Comment a-t-il réagi en entendant cette menace ?

— J'en sais rien, je regardais rigoler les trois petits salopards.

— Réfléchissez, c'est très important.

Le patron fouilla dans sa mémoire.

— Je me demandais ce que j'allais faire, j'ai regardé autour de moi. L'homme à la cicatrice est sorti à ce moment-là. J'ai pensé qu'il avait peur lui aussi. C'est pour ça que je suis sûr qu'il était là, parce qu'il s'est tiré, comme les autres.

Jérôme rapporta cette conversation à Chabrier qui convoqua le patron du bar. Enfin l'enquête progressait, c'est ce qu'il expliqua à Giachetti.

— Nous savons à présent que Carette connaissait les membres du Gang des poubelles. Il les a entendus menacer d'uriner sur les sièges du bistro, il a pu faire le rapport avec ce qu'a subi sa voiture et pour conclure, il était présent dans la cave où Kalala a été torturé. Cela ne peut pas être un hasard.

Restait à rencontrer le légiste. Il ne lui fallut que quelques phrases de ce dernier pour asseoir sa conviction.

— Il est mort étouffé, commandant.

— Etouffé ?

— Je vous l'ai déjà dit, la castration ne tue pas, sinon il n'y aurait pas eu d'eunuques dans les harems. L'assassin a utilisé une méthode très originale, je ne suis pas prêt de l'oublier. Vous préférez que je vous lise mes notes ou que j'aille droit au but ?

— Soyez bref.

— Donc l'ablation vasculaire, aponévrotique et viscérale subie par la victime ne vous intéresse pas ?

— Non.

— Pas plus que de savoir ce qu'est devenue son épine iliaque antéro-inférieure ou les lésions subies par la face interne des branches ischio-pubiennes ?

— Non plus.

Chapitre 28 Demi-aveu

— C'est dommage car les coups portés montrent une sauvagerie rare chez les occidentaux, cela aurait pu constituer un indice pour identifier le coupable.

— Allez au but, s'il vous plait.

— Soit. L'assassin a castré sa victime et lui a enfoncé sa bite dans la gorge jusqu'à ce qu'il meure étouffé.

— Peut-on émettre l'hypothèse qu'il voulait lui faire avaler son sexe ?

— Vous êtes poète ?

— Répondez.

— Globalement, c'est possible. Par un violent effort de déglutition, il aurait peut-être pu essayer de l'avaler pour échapper à l'asphyxie. Cependant, j'en doute car la douleur devait être particulièrement forte et il devait être terrorisé.

— Ne pouvait-il respirer par le nez ?

— Non. Gérer conjointement la confluence des voies respiratoires et des voies digestives est un exercice de yoga. Avec un aussi gros obstacle au fond de la gorge, seul un mince filet d'air pouvait passer, il est mort progressivement étouffé.

✱✱✱

Les victimes de l'incendie du squat avaient-elles, elles aussi, avalé leur sexe ? Il fallait que Carette parle. Chabrier réclama les services du psychologue de la police criminelle. C'était un petit homme, l'allure un peu rondouillarde, qui portait le curieux nom de Barbet. Il était rouquin et parlait en donnant l'impression de rire de tout, ce qui ne l'empêchait pas d'être efficace dans son travail. Il trouva le cas intéressant et le dossier de Carette ne s'en alourdit qu'un peu plus.

— L'ablation des parties génitales à fonction urinaire est caractéristique d'une volonté de vengeance. La personnalité de votre suspect va dans ce sens, c'est un homme porté à la violence, imbu de lui-même et qui n'a pas supporté la provocation à laquelle se sont livrés les voleurs de sa voiture en la souillant de leur urine.

C'était ce que souhaitait entendre Chabrier. Restait à faire avouer Carette. Pour la circonstance, le juge d'instruction tint à assister à l'interrogatoire, il s'installa dans le bureau du commandant, son greffier en retrait. Carette ressemblait à un fauve, ses yeux étaient remplis de haine et ça ne plaidait pas en sa faveur. Au début, il refusa de parler, puis, devant l'accumulation des témoignages, changea de tactique.

Chapitre 28 Demi-aveu

— C'est pas moi qui l'ai tué, je l'ai trouvé comme ça.

— Vous admettez que vous étiez sur les lieux du crime ?

— C'est un hasard, seulement un hasard.

— Amusant comme défense, ironisa le juge.

Carette cracha tout une suite de jurons. Les trois autres restèrent insensibles.

— Ce n'est pas moi qui lui ai réglé son compte, il était déjà mort. J'avais rendez-vous avez Saadia, on devait partir pour une ballade. Je l'ai appelée sur son fixe mais elle ne répondait pas. C'est une belle gosse Saadia, j'ai eu peur qu'il lui soit arrivé quelque chose. En passant sur le trottoir, j'ai cru entendre des gémissements, alors je me suis arrêté pour écouter. J'ai pensé que c'était peut-être des gamins qui baisaient et je suis allé voir.

Chabrier se tourna vers le juge.

— Ces vieilles maisons sont munies de soupiraux, ce sont d'anciennes trappes à charbon qui, en même temps, éclairent les caves. Puis, s'adressant à Carette. Pour quelqu'un pressé de partir pour Grenoble afin d'y trouver un logement où prostituer votre amie, c'est plutôt surprenant !

Carette serra les dents.

— Je ne prostitue pas Saadia, elle le fait de son plein gré, il n'y a pas de loi qui interdise de vivre de ses charmes ni d'en faire profiter quelqu'un. Relisez le code pénal.

— Voilà une remarque maladroite, quand on est à deux doigts d'une inculpation pour meurtre monsieur Carette, rétorqua le juge.

Ce n'était pas la bonne méthode, Carette explosa.

— Vous me faites chier, c'est pas moi qui ai tué le black, j'ai cru que c'était des mômes en train de se tringler, j'ai voulu m'marrer en allant voir.

— Pour participer ?

— J'ai mieux avec Saadia.

— Si vous dites est vrai, c'était raté.

Carette ne répondit pas. Menotté au fauteuil, avec cette merde de greffier qui enregistrait tout, il ne voyait plus comment s'en sortir. Et dire que Malou allait tapiner pour un autre ! C'était bien la peine d'être rangé des voitures !

— Que s'est-il ensuite passé ?

Carette raconta d'une voix lente, convaincu qu'on ne le croirait pas mais cherchant malgré tout le ton juste dans l'espoir de s'en sortir.

— J'ai cherché la descente. C'était dégueulasse, un escalier en pierre, pas de lumières, j'ai même failli me casser la gueule.

— Continuez.

Chapitre 28 Demi-aveu

— Les gémissements s'étaient tus, comme si les mômes m'avaient entendu. Ça m'a excité de les surprendre, c'était très sombre, j'ai entendu quelqu'un qui s'enfuyait, la fille, le garçon ? En poussant une porte, j'suis tombé sur quelque chose, j'ai cru que c'était elle et que le mec l'avait attachée pour la violer. J'ai allumé mon briquet et j'ai vu le cadavre du black, j'ai foutu le camp.

Chabrier et le juge se regardèrent, sidérés.

— Vous vous moquez de nous, fit Chabrier. Vous êtes un bandit notoire, fréquentant des individus louches et vous vivez très largement au-dessus de vos moyens officiels. Trois petits voyous vous volent votre voiture, ils la souillent en pissant dedans et vous prétendez jouer les voyeurs dans une cave ! La vérité, c'est qu'ils ont signé leur arrêt de mort. Vous avez tout mis en œuvre pour les retrouver et les punir.

Carette se mit à gueuler.

— C'est pas moi, pas plus pour le black qui s'est fait castrer que pour les deux cons qu'on a fait cramer.

Chabrier le regarda longuement.

— Comment savez-vous qu'Omar Ben Schaouif et Benjamin Toussaint sont morts brûlés ?

Carette se troubla.

— J'en sais rien, je l'ai lu dans les journaux.

— Non, c'est impossible, les victimes n'ont pas pu être identifiées.

Carette se sentit piégé et préféra se taire.

— Etiez-vous là aussi sur place ?

Carette ne répondit pas mais se tassa sur sa chaise, ce qui était une forme d'aveu.

Chabrier changea d'angle.

— Avez-vous reconnu Kalala, quand vous étiez dans la cave?

—Non, il avait la tête penché et on l'avait bâillonné avec de l'adhésif.

— Mais vous le connaissiez.

— Non

— Votre façon de répondre laisse sous-entendre le contraire.

Carette jeta un regard inquiet sur l'huissier, il vit le piège.

— Je ne l'avais jamais vu.

— Pourquoi n'avez-vous pas tout de suite prévenu la police ? C'est ce qu'aurait fait un citoyen normal.

— J'ai eu peur.

— Un homme comme vous ! Quand on a une telle collection de couteaux, poignards et armes blanches, on n'a pas peur.

—J'dirai plus rien.

— A votre aise, mais il faudra nous expliquer comment vous saviez que les amis de Kalala avaient été assassinés.

L'interrogatoire était terminé. Le greffier rangea son portable et le juge et son subordonné retournèrent au palais. Quelle histoire pour trois gouttes d'urine !

Chapitre 29 Cas de conscience

Jérôme et Marie-Ange étaient amants, donc ils auraient dû être heureux ; en fait, ils étaient pleins de doutes. Marie-Ange était amoureuse, mais Jérôme avait dix ans de moins et elle avait peur de l'avenir. De plus, victime d'un patronyme ridicule, elle avait toujours dû brider sa nature et avait des années à rattraper, comment réagirait Jérôme ? Par précaution, elle avait préféré garder ses distances, prétextant que si l'habitude s'installe, l'enchantement disparaît. Lui se voyait déjà en ménage, il n'imaginait pas sa vie avec une autre femme et rêvait de l'épouser. Quelques discrètes allusions s'étaient soldées par un refus. Quand Marie-Ange lui disait à demain, il savait qu'il passerait la soirée tout seul, c'est donc sans réel calcul et plus pour se distraire que pour enquêter qu'il retourna dans le petit bar où il avait fait la rencontre du prof et de la jolie algérienne. Ils étaient là. Jérôme s'installa, le patron le reconnut et s'approcha pour faire la conversation.

— Alors, ça y est, l'homme à la cicatrice est bouclé ?

— Oui, c'est le principal suspect, mais l'enquête continue.

— Donc, il a pas avoué.

— Non.

— Entre nous, je ne vais pas le plaindre, ce Kalala, c'était de la mauvaise graine. Et les deux autres, ils ont cramé ?

— On est sûr de rien, l'identification des cadavres est impossible.

Le gros homme était incapable de dissimuler sa joie, il se tourna vers le couple.

— M'sieur Sergier, ce monsieur est officier de police, il me disait qu'on n'était pas près de revoir Ben Schaouif et ses deux nains. Ils sont morts tous les trois, c'est un certain Carette qui leur a fait leur affaire.

Zoya releva le nez de son travail, son visage s'éclaira.

— Quoi ? Vous êtes sûr ?

— C'était dans le journal.

Chapitre 29 Cas de conscience

Jérôme confirma la mort de Sembene Kalala mais se montra prudent pour les deux autres. Ça ne faisait rien, Zoya était tellement heureuse qu'elle en aurait battu des mains. Elle regarda Jean Pierre, un peu surprise de son manque d'enthousiasme.

— Tu ne dis rien ? C'est fini, ils sont morts, tu n'es pas content pour moi ?

— Bien sûr que si !

— Alors dégèle-toi, sinon, je me demanderai ce que je représente à tes yeux !

— Tu es la jeune fille que je raccompagne à la sortie du lycée et avec laquelle je passe mes débuts de soirée afin de l'emmener jusqu'au bac.

— C'est tout ?

Jean Pierre sentit monter la tension, il adorait quand elle le regardait comme ça, les yeux vrillés dans les siens, légèrement en colère.

— Et moi, qui suis-je pour toi ?

Elle prit le temps de peser sa réponse. Si Ben Schaouif et les autres étaient vraiment morts, son petit prof n'avait plus de raison pour la raccompagner, or il n'était pas question qu'ils ne se voient plus. C'est elle qui avait eu l'idée de passer les soirées ici plutôt que chez elle où les cloisons étaient si minces. Ils déposaient Aziz et Aïcha, puis filaient discrètement. Madame Benazouz souriait d'un air entendu.

— Tu es l'homme que j'aime ! dit-elle simplement en guettant sa réaction qui ne se fit pas attendre.

— Pourquoi ?

— Parce que tu es pudique et que tu me respectes. Un autre homme aurait sauté sur l'occasion pour mettre ses mains partout et cherché à me culbuter sur les sièges de sa voiture, toi tu as peur de ce que tu éprouves et tu n'oses pas le dire.

— Si.

Le visage de Zoya s'éclaira.

— Tu m'aimes ?

— Oui, et c'est totalement stupide.

Il y eut un long moment de silence. Jean Pierre ne voulait plus résister à cette Shéhérazade du vingt-et-unième siècle qui s'offrait sans calcul. Zoya, jolie fleur des cités, à la dérive dans un monde trop dur, souriait à l'homme qui lui offrait protection et amour. Elle éprouvait tant de bonheur qu'elle songea à sa sœur, enfin délivrée de ce cauchemar et soudain tout se dégrada. Une intense surprise envahit son visage.

— Tu le savais !

— Mais non, bien sûr que non, protesta-t-il.

— Si, tu le savais ! Quand tu as voulu qu'on aille à la supérette acheter des commissions, tu m'as demandé pourquoi je ne mettais plus en minijupe. Je t'ai dit que j'avais peur. Tu m'as répondu *«si tu*

Chapitre 29 Cas de conscience

penses à Omar et les deux autres, ils ne reviendront pas ». J'étais toute surprise, je t'ai demandé de t'expliquer, tu m'as juste dit : *«je le sais».*

Zoya le regarda avec des yeux encore plus remplis d'amour. *« Il les a tués pour moi, pensa-t-elle, pour me protéger ».* Elle sentit les digues de son cœur se rompre, ses ultimes remparts céder et n'eut qu'une envie, dormir dans ses bras. Jean Pierre se leva brusquement.

— Tu viens, on y va ?

Pour Jérôme, c'était un cas de conscience, devait-il les laisser s'en aller ou intervenir pour en apprendre plus ? La curiosité fut la plus forte.

— Ainsi, vous étiez-là le soir de l'incendie du squat ?

— Non, j'ai dit ça comme ça, ce genre d'individus s'attire toujours des ennuis graves.

— Ce n'est pas vrai, tu étais catégorique, tu m'as même fais peur, répliqua Zoya à qui un excès de bonheur ôtait toute prudence.

— C'est vieux tout ça, le squat a brûlé le 30 avril, ça fait déjà un mois!

Zoya tomba dans le piège, elle avait oublié que Jérôme était flic.

— Tu m'as dit ça quatre jours après le soir où je t'ai prêté mon burnous pour que tu puisses sortir sans te faire reconnaître par les autres.

— Ben Schaouif ? demanda Jérôme.

Zoya fit oui.

— Comment peux-tu te souvenir ?

— J'ai une raison précise, dit-elle en rougissant, une histoire de prince charmant qui épouse la jeune fille qu'il aime. C'était le six mai, je le sais, car je tiens mon journal, tu y tiens beaucoup de place.

Il n'y avait rien à ajouter. Jean Pierre salua le flic, le patron du bistrot et entraîna Zoya dehors.

Le prof avait-il parlé comme ça ou était-il réellement sur place ? D'après sa copine, il avait l'absolue certitude que les trois voyous ne reviendraient pas, et ce, quelques jours seulement après l'incendie du vieux squat. S'il en parlait à Marie-Ange, elle le soutiendrait mais les moqueries faciles ne manqueraient pas. *« Le couple Maigret est sur la piste de l'assassin »*. Il ne voulait pas qu'on se moque d'elle, la meilleure solution était de mener sa propre enquête, sans en parler à personne.

Chapitre 30 Doutes, folies et confessions

Jérôme était amoureux, c'était bête, banal, ça emplissait sa vie mais ça ne lui suffisait pas, il voulait bâtir un couple, vivre avec Marie-Ange, l'épouser. Il savait qu'il idéalisait les choses, que c'était puéril et elle ne gênait pas pour le mettre en garde.

— Tu as vingt-six ans, j'en ai trente-six. Tu es stagiaire, je suis capitaine. Tu es vieille France, tu apprécies le savoir vivre, la féminité, les robes longues, les petites attentions, les délicatesses, les bibelots, les porcelaines de Saxe et les gens calmes alors que moi c'est *"ça passe ou ça casse, poing dans la gueule et blouson de cuir, tous les hommes sont des salauds, Simone de Beauvoir nous avait prévenues"*.

C'était insuffisant pour le décourager.

— Pourquoi n'ajoutes-tu pas que je me satisferais facilement de l'adoration perpétuelle alors que toi, tu aimes faire l'amour, que tu aimes par-dessus tout ta liberté et que fonder un couple, ou pire une famille te fait peur.

Elle répondait, cynique.

— Toi, tu aimes pénétrer les méandres de l'âme humaine, moi je préfère l'action. Tu aimes la sécurité, prévoir, planifier, je préfère vivre dans le présent.

— Et tu vas ajouter que je suis vieux dans ma tête et pas seulement dans mes fringues.

— Non, quand je le dis, c'est pour te taquiner, mais sois réaliste, tout nous sépare. Tu aimes parler boulot, moi, pas, une fois sortie du commissariat, je me dépouille de ma vie professionnelle aussi rapidement que j'enlève un pull ou que je dégrafe mon soutien-gorge.

— Eve tentatrice !

— Tu ne crois pas si bien dire.

Ce soir-là, ils gravirent un échelon de plus dans la passion amoureuse. Marie-Ange le déshabilla et le fit allonger sur le lit. Il se laissa faire, fasciné par cette poitrine marmoréenne que n'eût pas dédaignée Louis XV, pourtant connaisseur. Quand elle sortit des cordelettes, il hésita.

— La peur fait partie de la jouissance, tu crois que je vais m'armer d'un pic à glace ?

Ce fut une fois de plus extraordinaire, Marie-Ange était une magicienne de l'amour, elle savait se faire désirer, offrant ses seins, se reculant, usant d'une logorrhée amoureuse, de mots crus. Jérôme avait l'impression de se faire violer par une amazone à la beauté sauvage, cruelle. Il se réveilla le premier, épuisé, assouvi, et la regarda, bouleversé par ce qu'il éprouvait.

Chapitre 30   Doutes, folies et confessions

Marie-Ange émergea de sa torpeur et lui sourit.

— Thé, café, chocolat ?

— Café très noir. Mets aussi des croissants au four, dit-elle d'une voix pâteuse.

Jérôme prépara un petit déjeuner de rêve, avec panière à napperon, confitures, petites tablettes de beurres, service en porcelaine avec tasses, sous-tasses et cuillère en argent doré, puis l'appela.

— C'est prêt.

Marie-Ange le rejoignit, vêtue d'un mini slip et d'un teeshirt qui moulait ses seins, elle était magnifique.

— Combien de stagiaires tombent amoureux de leur capitaine ? murmura-t-il en avalant sa salive.

— Très peu. Parle-moi de toi.

Avoir sous les yeux la femme que l'on aime, qui plus est, créature ravissante, est un pur délice, surtout après une nuit pareille. Il ne se fit pas prier.

— De mon adolescence jusqu'au bac, j'ai essuyé les blagues les plus vaseuses. Au labo, ça donnait « *Alors Maigret, on trouve des indices ?* » Quand les autres rendaient leur copie, moi, on me demandait « *ce rapport, c'est bientôt fini ?* »

— Pauvre chéri.

— Oui, surtout qu'à force de les entendre, ces plaisanteries m'ont conditionné, c'est comme ça que j'ai résolu ma première énigme. Nous étions en cours de français en train d'étudier *Nadja* d'André Breton. Après l'intercours, Katia a constaté que son livre avait disparu, elle a fait un affreux scandale, le coupable ne pouvait qu'être l'un de nous, ça la dégoûtait.

— Une classe entière, bigre, ça en fait des suspects ! Et tu as trouvé le voleur ?

— Oui, en quelques minutes, et brillamment !

— Mazette…

-Fais ta moqueuse ! Dangas commençait à s'énerver et Katia à lui tenir tête, c'est alors que le prof s'est tourné vers moi. *« Et qu'en pense monsieur Maigret ? »* J'étais très timide à l'époque, il a insisté et j'ai commencé à interroger les témoins, très vite, il est apparu que Katia et le prof étaient sortis en dernier, je me suis jeté à l'eau. *« Il n'y a qu'une seule solution monsieur, c'est vous le coupable. Vous souvenez-vous du jour où vous n'êtes pas venu, croyant avoir cours avec une autre classe ? C'est ce qui a dû se passer, vous avez rangé vos affaires pour partir puis, réalisant votre erreur, vous avez fait demi-tour et pris le premier livre qui traînait pour vérifier quelque chose. Le livre qui est devant vous est celui de Katia ».*

— Bravo.

— Attends la chute. Dangas a vérifié et m'a félicité *« C'est bien, Maigret, vous avez raison car celui-ci comporte une dédicace qui ne m'est pas*

Chapitre 30   Doutes, folies et confessions

destiné ». Katia est devenue toute rouge et l'a supplié de ne pas la lire mais le prof était gaffeur. *« Á ma Louloutte adorée, dont les nibards percent le donjon de mon cœur, tel un bélier médiéval »*. Ma copine est venue récupérer son bouquin et tout le monde m'a applaudi.

— Surtout les filles bien sûr.

— C'était mon premier triomphe, pour un timide, ça compte.

— Et c'est pour ça que tu es rentré dans la police, pour séduire les jeunes filles !

Elle rit franchement. Il préféra ne pas répondre. Alors elle se leva pour venir lui caresser la nuque.

— Déjà un véritable petit inspecteur ! C'était très poétique cette dédicace, tu m'écrirais la même chose ?

— J'ai d'autres idées.

Il se retourna et l'enlaça, les deux mains sur les fesses de la jeune femme, ses doigts cherchant la source des félicités nocturnes qu'il avait vécues ligoté.

Elle se dégagea et revint s'asseoir.

— Pas touche, c'est moi qui décide de ce que je t'accorde et puis, je dois aller prendre ma douche.

Jérôme remit à plus tard ces tendres explorations.

Chapitre 31 Naji Benazouz

Depuis que Zoya était rentrée à la maison rouée de coups et les vêtements déchirés, Naji Benazouz vivait dans l'angoisse du déshonneur et n'avait qu'une obsession : marier sa fille. Puisqu'elle refusait d'épouser son cousin, autant que ce soit avec ce français qui lui tournait autour.

Il avait coincé Jean Pierre dans le couloir et exigeait une réponse.

— Ce n'est pas convenable que tu sois toujours avec ma fille, tu veux quoi ? Il faut l'épouser ou ne plus la revoir.

— Tais-toi papa, murmura Zoya, rouge de honte.

— Zoya est une fille honnête, bonne travailleuse, tu es toujours avec elle. Tu viens la chercher le matin pour aller au lycée, tu la ramènes le soir, nous t'accueillons en ami, comme si tu faisais déjà partie de la famille, tu me dois une explication.

Pouvait-il décemment demander la main d'une gamine de vingt ans ? C'était un peu tard pour se poser la question, surtout que la moindre hésitation passerait pour une dérobade, c'est ce que dut penser Zoya car elle lui attrapa violemment le bras.

— Mon père a dit *« l'épouser ou ne plus la revoir »,* que lui réponds-tu ?

Chapitre 31 Naji Benazouz

Ne plus revoir Zoya était impensable. L'épouser était effrayant. Humiliée, Zoya le secoua pour le réveiller.

— Qu'est-ce qui te fait peur ? De donner à tes filles des frères et sœurs à moitié arabes ? Que notre appartement soit envahi par des dizaines de cousins sans papiers ? Que je te trompe quand tu seras vieux ? Que je te batte ?

Naji Benazouz avait croisé les bras et souriait à sa fille.

— Tu veux vivre avec moi ? Tu veux vraiment que je t'épouse ? demanda Jean Pierre, incrédule.

— Oui.

— Mais regarde-moi, j'ai un physique à la Woody Allen dans "Manhattan", tu ne peux pas m'épouser, c'est impossible !

Zoya en aurait pleuré de rage.

— Mais alors, pourquoi tu as dit que tu m'aimais ?

— Parce que c'est vrai, mais comment savoir si ça marcherait entre nous ?

— Tu n'as pas confiance en moi ? Moi, si, et la preuve, je veux des enfants avec toi !

Elle avait dit cela sur un ton farouche, comme on jette un défi. Il n'avait jamais imaginé vivre un jour une telle tentation, il fallait s'engager ou fuir. Zoya était en colère.

— Tu me veux ou tu me veux pas ?

— Et toi ?

— Je te veux, j'arrête pas de te le répéter depuis une demi-heure. Je ne comprends pas pourquoi tu hésites tant.

Le vieil arabe non plus ne comprenait pas son hésitation et du côté de la cuisine, l'absence de bruit était révélatrice.

Jean Pierre cessa de lutter contre sa raison.

— Monsieur Benazouz, si vous ne trouvez pas absurde cette situation et toi, Zoya, si tu n'as pas peur de le regretter et bien … oui.

— Oui, quoi ? demanda-t-elle, exaspérée.

— Oui, je vais t'épouser, même si nous devons le regretter tous les deux par la suite.

— Idiot, répondit-elle en se jetant dans ses bras.

Jean Pierre ne profita pas longtemps de cet instant de tendresse. Surgissant de sa cuisine, madame Benazouz se jeta sur lui et il se retrouva asphyxié entre les plantureuses mamelles de sa future belle-mère, ravie de caser sa fille aînée avec un aussi bon parti. Il eut peu de peine à convaincre Zoya que le seul endroit où ils seraient tranquilles était le petit bar. Ils avaient beaucoup de choses à se dire.

*

Chapitre 31 Naji Benazouz

Après leur nuit de folie, Marie-Ange n'avait plus eu ce regard trouble annonciateur de réjouissances nocturnes, et comme elle refusait de parler d'avenir et qu'ils vivaient séparément, plutôt que d'être seul, Jérôme préféra retourner passer sa soirée au P'tit Bar. Le patron était ravi d'avoir des nouvelles fraîches.

— Alors ça y est, ce Carette est en prison ; à propos, il est où ?

— Dans la maison d'arrêt de la Presqu'île, un bâtiment un peu sinistre dont les murs ont vu passer trois Républiques, deux guerres mondiales et un régime totalitaire.

— Pour une fois, on ne pourra pas dire que la police n'a pas fait son travail, ça a été plutôt rondement mené.

— Il n'est qu'en examen mais ne vous inquiétez pas, le commandant Chabrier a réuni suffisamment de preuves pour le boucler au moins un an.

— Un an seulement, pour trois meurtres !

— C'est la durée maximum de la détention provisoire en matière criminelle. La justice doit veiller au respect de la loi et éviter l'arbitraire.

— Je comprends rien.

— On n'est pas jeté en prison comme ça, même dans le cas de Carette. Le juge d'instruction ne peut statuer qu'à l'issue d'un débat contradictoire entre le parquet et la personne mise en examen.

— A la télé, ça va plus vite.

— Parce que le film ne dure que quatre-vingt-dix minutes et qu'il ne faut pas ennuyer les téléspectateurs avec des détails de procédure.

— Chabrier, c'est celui qui est passé à la télé ?

— Oui.

— Et vous, c'est quoi votre nom ?

— Maigret.

— C'est une blague ? s'esclaffa le patron.

— Non, l'autre, c'est Jules, moi c'est Jérôme.

— Ça commence aussi par un J, vous imaginez la gueule de vos collègues quand vous serez commissaire ?

— Ce n'est pas demain la veille !

— Ça fait rien, c'est drôle les noms, figurez-vous qu'un de mes clients s'appelle Hollande, il passe ses journées à se faire engueuler à la place de l'autre.

Depuis quelques minutes, le prof et sa copine écoutaient la conversation. Ils s'y mêlèrent gentiment, surtout Jean Pierre, qui avait lu Simenon.

— Vous devez vous faire chambrer du matin au soir !

— Bien sûr, mais ce n'est pas méchant, les Maigret sont très nombreux, beaucoup plus que les gens l'imaginent. Généalogie.com a recensé 4679 actes d'Etat-civil faisant l'objet de 24 bases historiques.

— Je chercherai pour les Sergier puisque ça va être mon nom, murmura tendrement Zoya à l'oreille de Jean Pierre.

Jérôme se pencha vers elle.

— Vous aussi, vous devez être soulagé que Carette ait éliminé les trois voyous. Le patron m'a raconté qu'ils vous ont agressée deux fois.

— Jean Pierre a été formidable.

— Je n'ai fait qu'appeler la police ! minimisa celui-ci.

— Pourquoi ça te gêne de dire que tu es courageux ?

— Votre amie a raison, un coup de couteau est vite arrivé.

Le prof eut un petit rire désabusé.

— Certains meurent d'un cancer après des mois de souffrance, d'autres sont tués sur la route ; ce soir-là j'étais dépressif. Quand tu m'as regardé en te demandant si j'allais m'enfuir comme les autres, j'ai pensé que j'avais rendez-vous avec mon destin.

— Et c'était vrai, tu n'es plus seul, on est deux et on s'aime ! Aïcha aussi a eu des pensées suicidaires, mais on va se reconstruire, tous les quatre et si tu veux, on partira.

Jérôme se demanda qui était Aïcha et pourquoi elle avait eu des pensées suicidaires.

Chapitre 32   Appel à témoins

L'appel à témoin ne donnait pas grand-chose mais Chabrier était patient et surtout prudent. Pendant cent cinquante ans, les policiers français avaient vécu au rythme d'une procédure dont le code d'instruction criminelle datait de Fouché[3], ministre efficace mais qui ne s'embarrassait guère des droits du suspect. Depuis, les réformes se succédaient sur une cadence infernale car, entre l'exploitation médiatique des faits divers, la légitime indignation de l'opinion publique réclamant plus de répression, et la volonté des politiques de respecter les garanties démocratiques, la police n'avait plus qu'une marge de manœuvre très réduite.

Chabrier obtint du juge une nouvelle perquisition. Les gars du labo relevèrent des traces de sang sur une des chemises de Carette mais ce n'était celui de Kalala. Pourquoi pas celui de Garant ? Prélever l'ADN d'une momie égyptienne est facile, prélever

---

[3] 1808

Chapitre 32 Appel à témoins

celui d'un homme qui a laissé de la sueur dans son linge sale, des cheveux sur sa taie d'oreiller et même un vieux pansement dans la poubelle de la salle de bain devient un jeu d'enfant. C'était bien le sang de Garant, restait à faire avouer Carette. Il se fit piéger assez facilement en niant être un intime ; de ce fait, il devenait difficile de faire croire qu'ils échangeaient leur chemise après s'être rasé !

Jérôme et Marie-Ange passèrent tout le quartier au peigne fin, espérant recueillir des témoignages sur la nuit de l'incendie, mais cela ne donna rien. Les gens normaux dorment la nuit, les noctambules viennent rarement témoigner spontanément, et enfin, les faits remontaient à près d'un mois. Bref, l'enquête piétinait.

Entre eux, il en était de même, Jérôme rêvait de bâtir un couple, une de ces unions durables où chacun s'épanouit dans la confiance mutuelle. Elle, semblait ne vouloir qu'une aventure. Il en souffrait, elle refusait d'en parler. Après les heures de rêve passées chez lui en compagnie de Marie-Ange, Jérôme ne supportait plus de se retrouver seul dans son appartement. Il se rendait régulièrement au P'tit Bar de la place Jean Jaurès, écoutait les gens parler et surtout, surveillait le couple qui venait, lui aussi, presque chaque soir.

Depuis que Naji Benazouz l'avait obligé à exprimer clairement ses intentions, Jean Pierre tentait d'échapper aux embrassades étouffantes de sa future belle-mère en se réfugiant dans le petit troquet, laissant Aziz expliquer les maths à une Aïcha attentive et langoureuse.

Lui était à ses copies, elle, à ses révisions. De temps en temps, il levait les yeux et lui faisait un sourire auquel elle répondait avec tendresse, Jérôme en était tout ému, ça lui rappelait un peu sa propre situation, en inversé ; c'était dur de rassurer Marie-Ange, de la convaincre que l'habitude ne tue pas forcément l'amour, que ce sont les êtres superficiels qui se lassent, que lui était profond.

Le prof poussa ses copies avec un soupir de soulagement, Jérôme sauta sur l'occasion pour engager la conversation.

— C'est bon d'avoir fini, n'est-ce pas ?

Jean Pierre acquiesça discrètement, il n'aimait pas discuter avec le flic.

— Elles étaient bonnes, ces copies ?

— Corriger est une tâche ingrate, il faut jongler entre encouragements et critiques constructives, c'est un exercice périlleux, mais oui, c'était pas mal.

— Et vous mademoiselle, ça marche, vos études?

Jean Pierre se leva brusquement.

Chapitre 32   Appel à témoins

— On part ? Déjà ? s'étonna la jeune fille. Si tu me ramènes tout de suite, tu sais comment ça se terminera. Ou bien on restera scotchés sur le divan et maman parlera pendant trois heures de mes qualités, de l'épouse parfaite que je serai pour toi, des beaux enfants que je te donnerai avec mes hanches larges, de mes oncles restés en Algérie. Ou bien elle sera dans sa cuisine, et c'est papa qui te parlera de son enfance quand l'Algérie était française, qu'on est bien intégré et qu'il aime ton pays. Si on s'isole dans ma chambre, maman trouvera mille prétextes pour rentrer à l'improviste.

Jérôme croyait que le prof allait se rasseoir, il n'en fut rien.

— Je dois rencontrer Cécile, pour des papiers.

— Tu ne me l'avais pas dit.

— Ça m'est sorti de la tête. Viens.

— Chez Cécile ?

Il ne sut que répondre, se leva et sortit sans se retourner, la laissant à la fois surprise et désemparée par ce qui ressemblait à une fuite.

Passé le premier moment de surprise, Zoya commença à s'énerver, hésitant entre larmes et indignation.

— Vous devriez peut-être le rattraper ? proposa Jérôme. Je suis sûr qu'il vous attend.

Sa fierté lui fit faire le mauvais choix. Jérôme était désolé.

— C'est de ma faute, votre ami n'aime pas la police, je n'aurais pas dû vous adresser la parole.

— Il n'a rien à se reprocher !

— Je sais. Je peux m'asseoir à votre table et vous offrir un verre ? Pour me faire pardonner...

— Vous voulez me draguer ? ... Pourquoi ça vous fait rire ?

— Parce que ça ne risque rien, je suis amoureux fou de mon capitaine.

— Vous êtes pédé ?

— Elle s'appelle Marie-Ange, elle est plus âgée que moi et ça la tourmente beaucoup. Quand j'ai vu votre ami pousser ses copies, j'ai pensé que, moi aussi, j'étais crevé. On a passé des heures à ratisser le quartier pour trouver d'éventuels témoins de l'incendie.

— Le squat ? Mais c'est vieux !

— La routine. ... Votre ami a peut-être des ennuis dans son lycée, des remarques. Vous êtes mineure ?

— Non, et lui non plus, c'est là son problème.

— Vous voulez dire qu'il se trouve trop vieux pour vous ? Beaucoup d'hommes n'auraient pas ce genre de scrupules !

Chapitre 32   Appel à témoins

— Il a peur que je le largue un jour, je ne sais plus quoi lui dire.

Jérôme ne sentait pas attiré par les beautés orientales mais il la trouvait sympathique, le prof aussi, même s'il lui faisait la gueule.

— Voulez-vous que je vous raccompagne ?

— Oh non, s'il revient me chercher et qu'il ne me trouve pas !

— Et s'il vous attend au pied de votre immeuble ? Venez, vous y serez plus vite.

Zoya n'y avait pas pensé, radieuse, elle accepta.

※

Il n'y a pas que les étreintes torrides dans la vie, il y a aussi la solitude, et elle était revenue s'installer sournoisement dans la vie de Marie-Ange. Ses réticences à s'engager s'effritaient, leur écart d'âge lui semblait moins un problème. La difficulté, c'était le regard des autres. Chabrier ne ratait jamais une occasion de rabrouer Jérôme. Giachetti, par ses allures paternalistes, lui faisait sentir qu'il était le plus jeune du commissariat. Dans ces conditions, un capitaine n'épouse pas son stagiaire, c'était là l'obstacle, Jérôme devait changer de métier. Il y avait fait deux petites allusions du genre, *« je me verrais bien enseignant quand j'aurai quitté la police»* ou encore, *« faire le même travail que son conjoint, c'est une vraie galère ».* Elle avait bien reçu le message mais n'avait pas répondu. Une chose était certaine, il s'était trompé sur sa vocation, être flic c'est côtoyer la misère, la détresse humaine, être confronté chaque jour avec la souffrance, la délinquance, la fourberie, la méchanceté, Jérôme n'était pas fait pour ça.

Elle voulait en discuter avec lui. Trouvant l'appartement vide, elle avait filé au petit bar où elle savait le retrouver. Hélas, Marie-Ange arriva au moment où Jérôme se levait et sortait en compagnie de Zoya. Elle se méprit sur le visage rayonnant de la jeune fille, le démon de la jalousie s'empara d'elle et elle démarra rageusement, sans les suivre.

☐☐☐

Jean Pierre n'y était pas, Jérôme laissa une Zoya toute triste rentrer seule chez elle, mais il ne démarra pas immédiatement, indécis ; que cachait la fuite du prof ? Une femme âgée, lourdement chargée passa sur le trottoir, elle tenait en laisse un petit chien, bien fatigué lui aussi. Jérôme se précipita. La vieille dame eut un réflexe de peur, il lui montra sa carte.

— Je suis policier, j'habite près d'ici, laissez-moi vous aider.

Le panier était vraiment très lourd.

— Vous portez une enclume là-dedans.

Chapitre 32 Appel à témoins

— Juste de l'eau minérale, des croquettes pour mon toutou et deux boîtes de conserves. Le supermarché ferme à huit heures, j'en profite pour lui faire faire ses petits besoins du soir !

Le chien sentait mauvais, ce fut pire chez la vieille dame. Le moindre recoin, la moindre étagère, tout était couvert de bibelots à trois sous. Ça sentait le renfermé, le vieux, l'usé.

Jérôme l'aida à déballer ses commissions, puis ils rejoignirent le salon où des piles de coussins encombraient le canapé. La grand-mère était heureuse d'avoir de la compagnie, elle réussit sans peine à le retenir pour causer. Jérôme lui parla de son travail, du commissaire Giachetti, de Marie-Ange, de l'enquête de proximité pour tenter de retrouver des témoins de l'incendie du vieux squat, des trois voyous qui terrorisaient tout le quartier et dont on ne savait plus ce que deux d'entre eux étaient devenus. La petite vieille sursauta.

— Trois affreux sales types, deux noirs et un qui valait pas mieux ?

— Vous les connaissez !

— Ils traînent souvent sous mes fenêtres, jamais à travailler, toujours à perdre leur temps.

— Ils venaient pour les filles Benazouz, suggéra Jérôme, curieux de la réponse.

La petite vieille approuva silencieusement, c'était un mauvais souvenir.

— Je descends toujours par l'escalier, j'ai peur de rester enfermée. Quand j'ai vu qu'il y avait du grabuge, je me suis arrêtée sur le palier du dessus et je me suis penchée sur la rampe, pour voir.

— Vous avez eu raison d'être prudente.

— C'est une gentille petite cette Zoya, je l'aime bien. Ils étaient tous les trois sur elle, a lui donner des coups des coups de pied dans le ventre. Elle criait, j'osais plus bouger.

— Et après ?

— J'ai rien osé dire. C'était pas mes affaires. Surtout que Zoya, ils l'ont violée…

— Comment vous le savez ?

La vieille dame prit un air mystérieux.

— Aïcha est allée chercher sa sœur dans les caves, ah, elle n'était pas belle à voir la pauvre, elle l'a aidée à remonter. Je suis sûre qu'ils n'ont pas porté plainte, la honte, vous comprenez.

Il y eut un long silence, la vieille dame repensait sans doute à ce qu'avait subi la jeune fille.

L'appel à témoins donna quelques résultats. Une grosse dame, outrageusement maquillée, se présenta spontanément au commissariat.

Chapitre 32 Appel à témoins

— Je promenais Kiki, il ne voulait pas pisser, j'ai vu une fiesta grise qui semblait venir de la maison incendiée. Il y avait aussi un garçon qui se cachait dans l'ombre. J'ai eu peur.

— Il était tard ?

— Vingt-deux heures.

— Je croyais que les animaux domestiques étaient réglés comme des horloges ?

— Pas Kiki, il a la prostate fragile, comme mon Henri, mais lui, il pisse plus !

Jérôme crut comprendre que l'homme était défunt, quant au prétexte, vu la tenue de la femme, il supposa plutôt qu'elle se livrait au plus vieux métier du monde.

— Une fiesta grise ?

— Elle partait à toute vitesse, comme si le gars s'enfuyait.

— Vous reconnaîtriez le conducteur ?

— Non, je regardais surtout les flammes, ça fait peur un incendie.

— Et la silhouette ?

— C'était un nègre.

— Et lui, vous le reconnaitriez ?

— Non, mais il était grand et mince.

Un vieux monsieur insomniaque avait vu, lui aussi, une Fiesta grise s'éloigner dans la nuit, juste avant que l'incendie se déclare. Un couple adultérin qui souhaitait garder l'anonymat, l'évoqua à son tour. Enfin, deux gamins dans une impasse se révélèrent les témoins décisifs. Quand elle vit Marie-Ange, la fille essaya d'alerter son copain mais le bruit de la meuleuse l'en empêcha. Le pot se sépara du moteur, le garçon coupa l'outil, le silence revint.

— Alors les gosses, on débride le moteur pour aller plus vite ? demanda Marie-Ange avec un sourire indulgent.

Le gamin essaya de nier.

— Je la répare.

— En enlevant le filtre ! Tu crois que tu es le premier que je vois faire ? Rassure toi, on ne vient pas pour ça, on veut juste savoir où tu étais dans la nuit du trente avril au premier mai.

— J'ai rien fait ! se défendit-il immédiatement.

— Je n'en doute pas. C'est la nuit de l'incendie, nous cherchons des témoins.

Les deux gamins se regardèrent. Puis, le garçon lâcha :

— On a vu une bagnole.

— Grise ? Une petite Ford ?

— Pourquoi on vous aiderait ?

— Parce que c'est la loi. La rétention d'informations dans une enquête criminelle équivaut à une

Chapitre 32   Appel à témoins

forme de complicité, répliqua sévèrement Marie-Ange. Alors, elle était comment, cette voiture ? Vous avez vu son conducteur ?

L'adolescent avait certainement volé le scooter et se méfiait, il voulait monnayer son témoignage.

— C'est vrai qu'on peut aller en prison si on dit pas ce qu'on a vu ?

— Oui, cela entrave l'action de la police.

— Même si on n'a rien fait ?

— Cela dépend de ce que vous cachez.

Les deux ados se regardèrent longuement.

— Si un de mes copains avait volé un scooter ce soir-là et si en le ramenant ici pour le trafiquer, il avait vu quelque chose, qu'est-ce qui compterait le plus pour les flics, ce qu'il a fait ou ce qu'il a vu ?

— Nous enquêtons sur deux meurtres, pas sur un vol de scooter.

— Surtout que c'est pas moi qui l'ai volé, moi je l'ai juste traficoté pour le revendre.

Sa copine eut un regard éloquent ! Jérôme se retenait de rire.

— Alors, tu as vu quoi ?

— C'était pas une voiture grise, elle était bleue.

— Celle-là ?

Jérôme montra la voiture de Carette.

— Oui, on ne pouvait pas la rater, elle était garée juste devant l'impasse.

— C'était quelle heure ?

— Onze heures. La voiture s'est garée juste après qu'on soit rentré du Mac Do où Joss a volé le scoot.

La fille était mal à l'aise mais les flics avaient accepté le deal. Il raconta la suite.

— On a eu peur que ce soit un type du Mac Do et qu'il nous ait suivis. On s'est caché et on a guetté pour voir s'il rentrait dans l'impasse.

Marie-Ange retint un frémissement d'excitation.

— Donc, vous l'avez vu.

— Seulement quand il est revenu.

— C'était lui ?

Jérôme sortit la photo de Garant, plus petit et plus trapu que Carette.

— Non, il avait une grosse cicatrice là.

La fille montra sa commissure gauche, elle avait bien compris les enjeux pour elle et pour les flics. Jérôme sortit la photo de Carette, ils regardèrent et opinèrent.

— Il s'est éloigné combien de temps ?

— On a rentré le scooter dans la remise, on l'a mis sous une bâche et entassé des cartons devant, en attendant de le repeindre.

— Donc, une dizaine de minutes ?

— Oui, c'est ça, il était pressé de déguerpir.

Les deux jeunes gens furent convoqués au commissariat et leur déposition soigneusement enregistrée. Puis, Giachetti rassembla ses adjoints pour faire un point. Carette avait-il eu le temps en dix minutes de rentrer dans la vieille maison, tuer les deux voyous et mettre le feu ? Chabrier en était convaincu.

— Carette est une grosse pointure du banditisme, il a dû les prendre par surprise. Quant à incendier le squat, ces vieilles baraques brûlent facilement.

— Faut-il laisser tomber la piste de la Fiesta grise et du jeune noir ? demanda Marie-Ange, vaguement agacée par les certitudes du commandant.

— Non, il ne faut négliger aucune piste.

Jérôme ne pouvait plus se taire, il parla de l'agression de Zoya, de l'intervention du prof, de la scène violente où le jeune noir était intervenu. Chabrier lui coupa la parole.

— Des Fiesta grises, il y en a certainement une trentaine dans cette ville.

— Mais il n'y en a qu'une seule conduite par quelqu'un qui s'est colleté aux victimes à deux reprises !

Chabrier admit qu'il avait raison.

— Mettez-moi toute cette histoire par écrit Maigret, puis convoquez ce type et demandez-lui son alibi. S'il en a un solide, laissez tomber.

Marie-Ange serra les lèvres, elle le battait froid depuis quelques jours.

— Et le jeune africain ?

Chabrier leva les yeux au ciel.

— Je pourrais aller au lycée du prof pour tenter de l'identifier.

— Identifier qui ? Le témoin n'a pas vu son visage, il est donc incapable de le reconnaître. Si c'est le même que pour la bagarre, nous n'avons aucun moyen de le confondre.

— Alors que nous avons la preuve que Carette était sur les lieux, rajouta Marie-Ange, c'est accablant.

— Bien sûr, concéda Jérôme, vaincu.

Giachetti allait lever la séance, lorsque Marie-Ange fit une remarque insidieuse.

— Et la jeune fille très séduisante, faut-il que Jérôme la convoque elle aussi ?

Chabrier leva un sourcil.

Chapitre 32 Appel à témoins

— Celle de l'agression à laquelle le prof a été mêlé ?

— Jérôme la connaît bien, je crois.

Tout le monde le regarda. Jérôme rougit comme un coupable, il s'aperçut qu'il avait oublié de parler du viol qui, s'il était confirmé, était un élément à charge contre le prof et sa copine, mais puisque tout le monde était convaincu que c'était Carette !

Il préféra se taire, redoutant plus que tout qu'on l'accuse d'avoir mené une enquête officieuse.

— C'est un pur hasard. Je mange de temps en temps dans le bistrot et le patron m'a raconté l'histoire en me montrant la fille.

Marie-Ange sentit une vague de froid s'abattre sur elle, elle les avait vus attablés ensemble, puis sur le trottoir. Il la saute, pensa-t-elle, c'est un salaud, comme les autres.

Chabrier soupesa les urgences, l'évidence s'imposait, il s'adressa à Marie-Ange.

— Vous vous chargerez de voir s'il y a quelque chose à creuser ?

Elle fit oui à contre cœur.

Chapitre 33   Troisième interrogatoire

Jean Pierre arriva au commissariat avec l'air tourmenté de celui qui a beaucoup de choses à se reprocher. Jérôme était à l'accueil, il lui indiqua le bureau de Marie-Ange.

Le commissariat était toujours très encombré le matin, Jean Pierre dut se frayer un passage pour atteindre l'escalier qu'il gravit comme un condamné à mort, la tête basse, très inquiet. Marie-Ange se montra glaciale.

— Monsieur Sergier, vous vous doutez certainement de la raison de votre convocation.

— J'ai lu dans le journal que vous avez arrêté un certain Pascal Carette.

Marie-Ange leva un sourcil, surprise.

— Vous le connaissez ?

— Non. L'article expliquait sa mise en examen, suite au meurtre d'un jeune homme du nom de Sembene Kalala or, celui-là, je le connaissais. J'en ai donc déduis que vous vouliez m'interroger sur ce garçon.

Marie-Ange lui tendit le rapport de Jérôme qu'il lut attentivement.

— Vous êtes d'accord ?

Jean Pierre confirma.

Chapitre 33   Troisième interrogatoire

— Vous êtes courageux !

— Non.

Marie-Ange trouvait qu'effectivement il n'avait pas le physique d'un héros mais cela ne voulait rien dire, des monsieur-muscles prétentieux se révélaient parfois être des dégonflés de première face au danger. Elle lui laissa le temps de rajouter quelque chose mais rien ne vint et reprit ses questions.

— Quelques jours plus tard, vous avez été pris à partie à nouveau par le même Sembene Kalala et ses deux amis. Un jeune homme est intervenu pour vous sortir de ce mauvais pas, un noir d'une vingtaine d'années, vous le connaissiez ?

— C'est un de mes élèves, il habite le quartier, il passait là par hasard.

— Donc, vous pouvez me donner son nom.

— Il s'appelle Aziz Daloa, il est orphelin et vit en foyer. Je l'aime bien, il le sent et me le rend à sa façon, comme ce soir-là.

Marie-Ange nota puis repassa à l'essentiel.

— Vous aviez donc des raisons particulières d'en vouloir à Sembene Kalala.

— Lui et ses amis appartiennent à cette catégorie d'individus dont les incivilités permanentes empoisonnent la vie des autres.

C'était court et habile, surtout l'emploi du présent. Le prof avait-il préparé cet interrogatoire ?

— Sembene Kalala est mort, nous avons tout lieu de penser que les deux victimes de l'incendie étaient ses amis, Omar Ben Schaouif et Benjamin Toussaint.

Jean Pierre resta de marbre, il se sentait comme un candidat au bac dont le stress disparaît dès que commence l'oral.

— Où étiez-vous le trente avril dernier, entre vingt-deux et vingt-trois heures?

— Dans mon lit, sans doute. Cela fait un mois, je ne me souviens de rien de particulier.

— Un témoin a vu une Fiesta grise s'éloigner à toute vitesse des lieux de l'incendie. Vous avez une Fiesta grise.

— Oui.

— Et une raison de vouloir tuer Omar Ben Schaouif et Benjamin Toussaint?

— Oui, j'en ai une aussi.

— Tiens donc ! Racontez …

Jean Pierre était comme tous les gens normaux : contre la peine de mort, la torture et toutes les formes de traitement dégradant ou inhumain, hélas, ces discours humanistes restent théoriques. Comment réagit le philosophe face à l'urgence, par des discours ou par des actes ? Cette question, il se

Chapitre 33 Troisième interrogatoire

l'était déjà posée plusieurs fois, il put donc répondre avec la plus grande sincérité, sobrement, sans éprouver le besoin de se défendre, en homme qui est là par hasard.

— Savez-vous combien de générations nous séparent des hommes des cavernes ? A peine une centaine. Sommes-nous différents de ces gens qui tuaient pour survivre ?

— Curieux discours !

— Pour être enseignant, je n'en suis pas moins homme, et quand Omar Ben Schaouif m'a agressé, j'ai eu peur.

— Vous voulez dire que si vous en aviez eu les moyens à ce moment-là, vous l'auriez tué volontiers ?

— Oui, je le pense.

Ce n'était pas un aveu et c'était habile, elle l'imaginait mal poignardant les deux types, puis mettant le feu à la maison. Elle le laissa repartir après lui avoir fait signer sa déposition.

*
**

L'interrogatoire de Zoya n'était pas une priorité, de plus Marie-Ange n'était pas très sûre de vouloir rencontrer la jeune algérienne mais reculer, se dérober, c'était minable. Elle annonça tout à trac à Jérôme qu'elle avait convoqué la jeune fille, guettant sa réaction. Il n'y en eut aucune, cela ne suffit pas à la rassurer. Zoya se présenta le lendemain, Jean Pierre ne lui avait pas parlé de sa propre convocation, elle en avait fait autant, donc aucun des deux ne savait que la police voulait les entendre. Si la jeune fille était nerveuse, Marie-Ange ne l'était pas moins. Le commissariat était installé dans un vieil immeuble bourgeois dont les appartements étaient conçus à l'ancienne, c'est-à-dire avec des pièces trop spacieuses et des plafonds à des hauteurs vertigineuses. Un réaménagement utilitaire avait coupé les hauteurs et divisé les pièces. Le résultat était navrant, les cloisons rapportées ne tenaient pas compte des fenêtres et certains bureaux étaient mal éclairés. Les planchers de chêne avaient disparu sous un linoleum fatigué. Des cheminées en marbre servaient de bibliothèques occasionnelles.

Zoya attendit suffisamment longtemps pour deviner les raisons de sa convocation. Jérôme vint la chercher, il se montra aimable mais cela ne suffit pas à la détendre. Il l'introduisit dans le bureau d'une belle jeune femme, à l'air sévère.

Marie-Ange fit asseoir la jeune fille et demanda à Jérôme de se rapprocher. Il s'exécuta. Elle commença par dévisager lourdement Zoya, en silence ; c'était gênant, il prit sur lui d'intervenir.

— Vous êtes témoin dans une affaire de meurtre mademoiselle, c'est pour cela que le capitaine vous a convoquée.

Chapitre 33   Troisième interrogatoire

Zoya ne répondit pas et le regarda avec reproche. *« Si je suis là, c'est par votre faute »* semblait-elle dire. Il le comprit et répondit d'un sourire rassurant qui crucifia Marie-Ange. *« Je suis conne d'être tombée amoureuse »* pensa-t-elle, *« être belle ne suffit pas, cette fille a seize ans de moins que moi. »*

Il fallait qu'elle fasse son job.

— Vous connaissez Jean Pierre Sergier ?

— C'est mon fiancé.

De surprise, Marie-Ange en lâcha son stylo et regarda Jérôme qui ne broncha pas. Elle crut avoir mal entendu.

— Votre fiancé ?

La jeune algérienne réagit avec violence, comme chaque fois qu'elle se sentait jugée et rejetée.

— Il m'aime, je l'aime, il va m'épouser, mes parents sont d'accord. La différence d'âge m'est indifférente, elle est fréquente chez nous. Je sais qu'il est professeur alors que moi, je ne suis rien, mais il n'y a pas de loi qui nous empêche de nous aimer. C'est comme ça !

Le soulagement prit Marie-Ange par surprise et la submergea. Elle ne savait plus si elle devait hurler de joie ou sauter au cou de cette gamine. Si Zoya disait la vérité (et il serait facile de le vérifier) son grand nigaud de Jérôme était fidèle, il n'avait pas traîné son imperméable et ses pantalons vieillots dans d'autres ruelles que la sienne. Il était temps de libérer la jeune fille.

— Mademoiselle, je vois bien que vous êtes surprise d'être ici, mais vous et monsieur Sergier êtes mêlés, de loin sans doute, à l'affaire Kalala, il est donc normal que je vous entende.

Zoya ne répondit pas.

— Vous n'avez pas à vous inquiéter, il n'y a rien de grave. Nous savons, par le patron du bar, que Kalala et ses amis vous ont brutalisée et que monsieur Sergier est intervenu pour vous porter secours. Ce que nous ne savons pas, c'est si la seconde agression dont il a été victime était aussi à votre sujet.

— Ils voulaient se venger de lui parce qu'il m'avait aidé.

— Que se serait-il passé sans l'intervention d'Aziz Daloa ?

— Ils voulaient seulement l'humilier, dit-elle catégorique. C'est toujours comme ça avec eux, ils aiment faire peur, ça leur donne un sentiment de puissance.

— Donc, rien qui laisserait supposer que Sergier ait voulu se venger?

Elle répondit avec un aplomb qui laissa Jérôme muet de stupeur.

— Rien.

Il ne pouvait plus se taire.

— Comment votre fiancé pouvait-il savoir à l'avance que les deux autres n'étaient pas près de revenir ? Souvenez-vous, c'est vous qui vous en êtes étonnée la première.

— Il voulait juste me rassurer, beaucoup de gens parlent comme ça.

— Sait-il que vous avez été violée ?

— Ils ne m'ont jamais violée, ils m'ont juste frappée, deux fois.

Jérôme dévisagea Zoya qui soutint son regard sans faiblir et pour cause. Indigné, il allait la menacer d'une confrontation avec la vieille dame lorsque Marie-Ange lui coupa la parole.

— Des coups, cela ne constitue pas un mobile pour un double meurtre.

— Surtout que c'était avant qu'on se fiance, après, il avait d'autres projets en tête que la vengeance, vous ne croyez pas ?

L'évocation des tendres liens qui unissaient le prof et cette jeune fille remplissait Marie-Ange de délices, elle se sentait légère et avait hâte d'en avoir terminé.

— C'est évident. Et bien, cela suffira mademoiselle. Je vais vous relire votre déposition et vous pourrez partir après l'avoir signée..

Jérôme lança l'imprimante, stupéfait de ce qu'il venait d'entendre. Zoya avait-elle vraiment été violée ? Il n'avait que le témoignage de la voisine, qui en plus n'avait rien vu directement. Zoya mentait-elle pour protéger le prof ? Peut-on avoir un tel cran quand on a subi pareille épreuve ? Faute de mieux, il choisit de se taire, Marie-Ange connaissait son métier, elle savait mieux que lui ce qu'elle devait faire.

La fin de la journée fut un étourdissement, Marie-Ange sifflota en relisant ses dossiers, accumula les sourires ravageurs, arrangea sa coiffure à plusieurs reprises et finit même par lui proposer de dîner ensemble, et plus, si affinités. Il ne s'y trompa pas, il avait retrouvé son ensorcelante Circé.

Le hasard continua à s'acharner sur Carette. Une péniche minéralière, qui remontait le Rhône, eut une avarie de gouvernail, dériva dangereusement, puis sombra contre la pile d'un pont. C'est en dégageant l'épave que l'équipement découvrit la voiture qui fut remontée. On trouva un cadavre dans

Chapitre 33 Troisième interrogatoire

le coffre, la police fut prévenue, il ne restait plus qu'à identifier le mort.

Giachetti demanda à Marie-Ange d'accompagner son jeune stagiaire afin qu'il s'habitue à tous les cas de figure, les cadavres ayant séjourné longtemps dans l'eau présentent des caractéristiques différentes. Le docteur Cassel était ravi de la revoir, il se montra prolixe.

— Contrairement à ce qu'on pourrait penser, l'immersion en eau froide retarde la décomposition. A l'air libre, dès l'arrêt des fonctions vitales, l'autolyse attire toute une faune d'insectes nécrophages à la recherche d'un organisme mort capable d'assurer la subsistance de leurs larves. Dans le cas d'un cadavre immergé, tout est différent, la décomposition est plus lente, surtout à l'intérieur du coffre d'une voiture, c'est-à-dire à l'abri des poissons charognards.

— Ça existe ? s'étonna le jeune policier.

— Bien sûr. Quant à votre client, à première vue, peau verdâtre, tissus boursouflés, je dirais que la mort remonte à une quinzaine de jours.

Cela correspondait à la disparition de Garant, les tests ADN permettraient de savoir si c'était bien lui, il fallait attendre un peu.

*
**

Il était temps de réinterroger Carette. C'est un homme inquiet qui s'installa en face du juge d'instruction. Ce dernier alla droit au but.

— Comment expliquez-vous votre présence sur les lieux de l'incendie du squat où ont vraisemblablement péri les deux jeunes voyous qui ont volé votre voiture ?

Le truand ne répondit pas.

— Cela fait beaucoup de coïncidences !

Carette regarda son avocat pour lui demander conseil.

— En admettant que mon client ait été effectivement sur les lieux, répondit ce dernier, cela ne prouve pas que ce soit lui l'assassin. Vos témoins l'ont-ils vu tuer Benjamin Toussaint et Omar Ben Schaouif, puis mettre le feu à la maison ?

— Soit. Mais vous ne niez pas votre présence sur les lieux du crime ?

Nouveau regard vers son avocat qui acquiesça.

— J'étais là.

— Comment vous saviez que c'était leur repaire ?

— J'avais chargé Tony de les suivre. J'ai pensé qu'ils avaient leurs habitudes dans le quartier et qu'ils ne résisteraient pas à la tentation de voler la voiture une seconde fois.

— Vous leur avez donc tendu un piège pour vous venger.

Chapitre 33   Troisième interrogatoire

L'avocat protesta.

— Vous vouliez leur proposer un scrabble ? ironisa le juge.

— Je voulais juste m'expliquer avec eux, mais quand je suis arrivé, quelqu'un leur avait déjà réglé leur compte.

— Racontez.

Carette prit son souffle.

— Il n'y avait aucun bruit, tout était sombre. J'ai pensé qu'ils n'étaient pas là. Je suis entré en forçant une fenêtre avec l'idée de les attendre.

— Aviez-vous vos couteaux ?

L'avocat conseilla à Carette de ne pas répondre.

— Le travail était déjà fait, j'ai buté sur le cadavre du gros en essayant de monter l'escalier.

— Comment l'avez-vous reconnu, puisque c'était dans le noir ?

— J'ai allumé mon briquet, puis je me suis immobilisé en essayant d'entendre s'il y avait quelqu'un d'autre dans la maison.

— Alors ?

— Il y avait quelqu'un, j'en suis sûr.

— Vous avez sorti l'un de vos couteaux ? Demanda Chabrier.

— Oui. Je ne voulais pas me faire saigner comme l'autre.

Chabrier se tut, satisfait, le greffier esquissa un petit sourire.

— J'avais qu'une idée, sortir de là. J'avais plus de raisons de rester.

— Est-ce vous qui avez mis le feu ?

— Non.

Le juge n'en croyait pas un mot.

— Et Tony Garant, qu'est-il devenu après vous avoir rendu le service de trouver la maison où logeaient vos trois voleurs ?

— Je crois qu'il voulait voir sa famille, il est parti dans le sud.

— Il ne vous a rien dit ?

— Non.

Le juge lui montra plusieurs photos, on y voyait une grue qui sortait une voiture du fleuve, un cadavre. Carette blêmit.

— Il y a une banque à côté de l'immeuble où habitait Garant, je vais faire saisir les bandes vidéo des caméras de surveillance, qui sait, elles seront peut-être plus bavardes que vous…

L'avocat s'insurgea.

— Cela ne prouvera rien, mon client a le droit de rendre visite à son ami.

Chapitre 33 Troisième interrogatoire

— Bien sûr, maître, et bien entendu Carette, vous n'avouez rien ?

— On ne peut pas avouer des crimes que l'on n'a pas commis, monsieur le juge, dit l'avocat en vain, Carette commençant à paniquer.

— Les deux cons, c'est pas moi, ils étaient déjà morts quand je suis arrivé ! Même pour le troisième, c'est pas moi, je pouvais pas savoir qu'il se planquait là.

— Façon de dire que vous avouez pour Garant !

L'avocat protesta, Carette préféra se taire.

— Ce qui est sûr, c'est que l'un de vous deux a tué le norvégien et vu que Tony Garant n'est plus là pour répondre, il ne reste que vous !

L'avocat protesta à nouveau, en vain.

Carette fut ramené en cellule, le juge interpella Chabrier.

— Qu'en pensez-vous ?

Le policier se montra prudent.

— Les charges sont solides.

— Mais les preuves, minces ! Il y avait peut-être vraiment quelqu'un dans la maison ?

— Qui et avec quel mobile ?

— Le prof ?

— On ne tue pas trois personnes pour quelques coups de pieds dans le ventre, j'ajoute qu'il n'a rien d'un Rambo, c'est plus le genre intello paralysé de scrupules.

— Et le noir ?

— Le témoin affirme être incapable de le reconnaitre, sans doute un simple passant.

— Donc, vous croyez Carette coupable ?

Chabrier se garda bien d'être catégorique. Le juge hésitait.

— La silhouette pourrait être celle d'Aziz Daloa?

— Il lui faudrait un mobile. Vous connaissez beaucoup de lycéens capables d'égorger trois individus pour venger leur prof ?

— Il nous manque peut-être une pièce ? Une information ? A-t-on pensé à vérifier son alibi ?

— Je demanderai à notre stagiaire de s'en charger, c'est lui qui a rédigé le rapport en question.

— Je préfère, on ne sait jamais.

Chabrier pensa : « *ça fera quelques feuilles de plus dans une chemise en carton, mais puisqu'il le faut ...* »

Chapitre 34 Jérôme abat ses cartes.

Quand Chabrier le chargea de vérifier l'alibi du lycéen pour la nuit du 30 avril, Jérôme tenta de se défiler. Pour une fois, le commandant se montra assez sympathique.

— C'est une simple formalité. Un avocat digne de ce nom repérerait immédiatement un défaut de procédure, le juge ne peut pas se le permettre. Après tout, c'est vous qui avait insisté pour qu'on ne néglige pas cette piste-là, non ?

Jérôme n'eut donc pas d'autre choix que de retourner au lycée. Il y obtint sans peine l'adresse d'Aziz Daloa et le nom du responsable de son foyer auquel il téléphona pour annoncer sa visite.

Le foyer était situé trois rues derrière l'immeuble des Benazouz, c'était un bâtiment en forme de navire, proue tournée vers la rue. Son architecture n'était pas sans rappeler celle du centre Beaubourg, hublots en verre, passerelles métalliques et courtines intérieures se multipliaient sur cinq étages.

Le responsable du centre, un homme d'une cinquantaine d'années, usé par la gestion difficile de ses quatre-vingt-dix-sept pensionnaires, fit preuve d'un certain humour.

— Je suis habitué à recevoir la police !

Jérôme le rassura, il voulait savoir s'il y avait une procédure pour contrôler les entrées et les sorties. L'homme lui expliqua qu'il était installé au rez-de-chaussée, juste à côté de l'accueil, et que ça lui permettait d'avoir un œil sur les va-et-vient.

— La nuit, il y a un gardien. Puis-je savoir lequel de mes petits sauvages vous intéresse ?

— Sauvages ?

— C'est un mot affectueux. Un sauvage est un individu à civiliser, alors qu'un voyou refuse de l'être.

— N'est-ce pas un peu rude comme jugement ?

— Question de philosophie, mais vous avez raison, ayons confiance en l'homme. Alors, lequel ?

— Aziz Daloa.

— Ah ! Lui n'est ni l'un, ni l'autre. Qu'est-ce que vous lui voulez ?

— Juste savoir s'il était là le soir du 30 avril dernier et s'il a fait le mur entre le 6 et 13 mai.

— Bigre ! Mais s'il avait fait quelque chose de grave, vous seriez venu plus tôt, je me trompe ?

Le ton restait amical.

— Je n'en sais encore rien. Il était peut-être malade ?

— Non, il a une santé de fer, je m'en souviendrais.

Chapitre 34 Jérôme abat ses cartes.

— Vous n'avez pas de registres des entrées et des sorties ?

— Les gens qui logent ici sont pour la plupart des jeunes adultes, ils n'ont pas de compte à rendre sur leurs allées et venues.

— Mais Daloa est mineur !

— Nous n'en savons rien, il est arrivé d'Afrique sans aucun papier. On peut penser qu'il a moins de dix-huit ans, c'est ce qui est écrit sur sa carte d'identité mais il ne s'agit que d'un document de circonstances.

— Bref, vous êtes incapable de me répondre.

Cette insistance irrita le directeur, qui se leva à contrecœur pour aller chercher le registre, banal cahier en carton épais. Il le feuilleta.

— Daloa était bien là le trente avril.

— Et la semaine qui précède le 13 mai ?

Le directeur feuilleta à nouveau le registre, puis changea de physionomie, tout en essayant de masquer sa contrariété.

— Il a manqué le lycée sans motif, mais il est toujours rentré coucher au foyer, sinon le gardien l'aurait signalé.

— Besoin de se balader ?

— On peut le penser, c'est un garçon très bien, sans histoire, calme, parfaitement poli, respectueux du personnel.

— Une fenêtre, ça s'escalade !

— Sa chambre est au troisième.

Jérôme remercia et prit congé.

Visionner les vidéos de la banque devenait une priorité. La date du meurtre restant inconnue, Marie-Ange conseilla à Jérôme de commencer par le jour où Garant avait été convoqué, qui sait... Jérôme avait de longues heures de travail en perspective, il s'y attela avec courage, les photos du truand, de sa victime et de chacune des deux voitures devant lui. Elle passait le voir régulièrement, apportant un café, des gâteaux, un sandwich et surtout son sourire ravageur.

— Voir défiler des inconnus, la mine constipée, en train de retirer leur argent, ça n'a rien de folichon.

— L'arme du policier, c'est d'abord la patience. Pas de jolies ménagères, de belles ados en fleur ?

— Si, mais c'est rare.

Chapitre 34 Jérôme abat ses cartes.

Marie-Ange fondait littéralement de tendresse devant ce grand adolescent dont elle s'était éprise. Jérôme détonait dans l'univers un peu brutal d'un commissariat, elle le trouvait attendrissant, fragile, et commençait à croire qu'ils avaient un avenir commun.

— Tu veux que je t'aide ?

— Non, quand ma vue se brouille, je fais une pause. Le plus dur, c'est de ne pas regarder la gueule du type qui retire ses billets, mais ce qui se passe derrière lui.

Après des heures de patience, il trouva enfin ce qu'il cherchait, non seulement on voyait bien la Thesis, mais en plus, on reconnaissait parfaitement Carette attendre en fumant une cigarette. La vidéo datait du 5 mai, ça collait avec la disparition de Garant. Le truand fut extrait de sa prison et un nouvel interrogatoire eut lieu. Il commença par nier tout en bloc mais ne put expliquer la coïncidence des dates et encore moins pourquoi il conduisait une voiture dans laquelle un cadavre avait été retrouvé. Les deux jeunes ados reconnurent formellement l'homme garé devant l'impasse mais cette fois-ci encore, Carette nia farouchement, répétant la même version.

— Pourquoi je serais resté, monsieur le juge ? Le travail était fait, il y avait un autre type caché dans la baraque.

— Et vous avez eu peur, je sais, ça vous arrive chaque fois qu'on retrouve un cadavre !

— Pour les deux premiers, c'est vrai que j'y suis allé pour ça, gueula Carette, ils n'avaient qu'à pas chier dans ma bagnole, mais c'est pas moi qui les ai tués. Pour le troisième non plus, il y a un autre type.

Le greffier esquissa un sourire.

Carette fit un geste pour se lever, l'écume aux lèvres, bavant de rage. Chabrier le força à se rasseoir d'une main ferme.

— Mais pourquoi je lui aurais fait bouffer sa bite à ce sale con ?

— Pour le punir d'avoir uriné sur les sièges de votre voiture, répondit le juge.

La police avait fait son travail, le juge avait clos son instruction, la routine se réinstalla au commissariat, en apparence seulement, car Marie-Ange s'apprêtait à prendre une grande décision, l'idée du mariage commençait à faire son chemin. A trente-six ans, elle n'avait plus l'âge de se tromper et passait de grandes minutes à observer son compagnon. Ses doutes tombaient les uns après les autres. La vie de couple ? Jérôme était un modèle de gentillesse,

Chapitre 34 Jérôme abat ses cartes.

il était plus ordonné qu'elle. Un enfant ? Ça lui faisait peur, mais la nature parle pour vous et elle en serait folle, surtout si c'était un petit Jérôme en miniature. Affronter le regard des collègues ? Tous étaient très gentils, même Dargier malgré ses plaisanteries salaces. Changer d'état-civil ? Jérôme lui avait expliqué que Maigret n'était pas tout à fait son vrai nom mais celui de sa mère, au pire elle deviendrait madame Leflère. Parler boulot du matin au soir, y compris au petit-déjeuner ? Jérôme n'avait rien pour faire un bon flic, il était trop sensible et peinait à acquérir l'esprit de corps ; s'il quittait la police, ça simplifierait tout.

Elle était heureuse et ne s'en cachait pas, surtout auprès de Jérôme pour lequel elle évoquait de plus en plus fréquemment leur avenir commun, tout en refusant de vivre encore avec lui.

Jérôme nageait donc dans le bonheur et s'il restait tourmenté par l'incendie du vieux squat, c'était mineur. Un soir où il était seul au petit bar, il évoqua devant le patron la Fiesta grise qui s'était éloignée discrètement.

— Des Fiesta, c'est courant, dit le patron.

— Certes, mais la coïncidence est là. Si nous parvenons à identifier le conducteur, il sera intéressant de l'entendre s'expliquer.

Le prof et sa copine étaient là, ils eurent une curieuse réaction. Zoya, visiblement mal à l'aise, posa ses annales et serra convulsivement sa main ; cette fois, c'est elle qui avait hâte de s'en aller.

Le patron attendit qu'ils soient dehors et fit une remarque dénotant plus de finesse qu'on aurait pu lui en supposer.

— Vous pensez que c'est lui ?

Jérôme battit prudemment en retraite, pas de gaffe.

— Non, pourquoi vous me demandez ça ?

— Il a une Fiesta grise, vous ne me ferez jamais croire que vous ne le savez pas. Depuis que les trois salauds ont disparu, lui et sa copine sont tranquilles, c'est pas un hasard. Le feu, c'est moins dangereux qu'un coup de couteau et plus sûr, pas vrai ? Il est pas bien costaud le prof, mais il est courageux. Je l'ai vu tenir tête aux trois voyous.

— Doucement, laissez la police faire son travail, on n'accuse pas les gens comme ça.

— C'est juste pour causer…

☐☐☐

Le lendemain, Jérôme guetta un instant où personne ne s'intéressait à lui et appela le lycée. Puis, il prétexta une course urgente et demanda à Giachetti s'il pouvait s'absenter une heure ou deux.

⁂

Chapitre 34   Jérôme abat ses cartes.

Le parloir du lycée était une pièce impersonnelle, Jean Pierre entra, s'assit sans un mot et attendit. Jérôme abattit ses cartes.

— Monsieur Sergier, j'ai de bonnes raisons de vous soupçonner des meurtres d'Omar Ben Schaouif, Benjamin Toussaint et Sembene Kalala.

Il espérait le surprendre, il n'en fut rien. Le prof eut un petit rire indulgent.

— Ça vous amuse ?

— Non, ce sont de mauvais souvenirs, c'est l'accusation qui m'a fait rire et le ton sur lequel vous l'avez proférée.

Vexé, Jérôme tenta de reprendre la main.

— La Fiesta c'était vous, j'en suis sûr.

— Dites-le à vos chefs.

— Je l'ai fait.

Les deux hommes se mesurèrent du regard, le dialogue s'accéléra.

— Primo, vous n'avez pas d'alibi.

— Je n'en ai pas besoin.

— Deuzio, vous avez un mobile.

— Tiens donc !

— C'est fragile une jeune fille, c'est prêt à aimer le premier individu qui prend sa défense. Quand votre fermeté a mis en fuite les trois voyous, Zoya vous a regardé avec d'autres yeux. Vous avez conservé un physique d'adolescent, vous êtes sympa, habitué à fréquenter les jeunes, elle est certainement très vite tombée amoureuse de vous et votre dépression s'est envolée. Quand ils l'ont violée, votre vie a basculé. Zoya s'est naturellement tourné vers vous et vous avez dû assumer jusqu'au bout le rôle du protecteur, mais vous n'êtes pas taillé pour la violence, d'où le recours au piège. C'est vous qui avez mis le feu au squat. Que répondez-vous ?

— Que vous vous trompez, mais c'est normal et je ne vous en veux pas. Il a fallu à celui qui a torturé Sembene Kalala un courage que je n'ai pas. J'ajoute qu'il aurait fallu le maîtriser et, même de petite taille, il devait être vigoureux.

— Vous l'avez peut-être surpris dans son sommeil ?

— Ah, je vois que vous utilisez le mode de l'hypothétique, vous doutez de vos accusations.

Une seconde fois vexé, Jérôme se sentit perdre pied.

— Je cherche la vérité, c'est mon métier.

— Je ne vous en blâme pas, d'ailleurs, vous avez raison sur certains points. C'est vrai que j'ai voulu changer radicalement d'existence et que l'entrée de Zoya dans ma vie n'était pas prévue.

— Vous étiez sur les lieux de l'incendie.

— Prouvez-le.

Chapitre 34 Jérôme abat ses cartes.

— L'amour est un puissant levier, il vous fallait agir vite et discrètement. La chance ou la malchance, a voulu que vous soyez là en même temps que Carette. Vous ne pouviez pas savoir qu'il avait lui aussi l'intention de tuer ces trois voyous.

— Quelle imagination !

— Je veux savoir la vérité. Carette est un coupable idéal mais je suis sûr que mes chefs se trompent. Si vous êtes innocent, ce que je suis prêt à croire car je vous imagine mal torturant Kalala, vous pouvez m'aider à faire arrêter le véritable assassin.

— Est-ce à cause de vous qu'on a été convoqués ?

— Oui, je ne leur ai rien caché.

Le prof sembla réfléchir.

— Bien sûr, vous ne pouviez pas faire autrement. Pourquoi vous aiderais-je ?

— Pour vivre en paix avec Zoya, cette histoire vous dépasse.

Jean Pierre prit une profonde respiration.

— En admettant que j'aie bien été là, qui vous dit que j'ai vu quelque chose ?

— L'homme que Carette a cru voir caché dans le noir, c'était vous ?

— Non, j'étais déjà ressorti.

— Vous avez vu les deux cadavres ?

— Oui, ça s'est passé à peu près comme pour Carette. La maison était dans le noir, quand j'ai buté dans le cadavre de Ben Schaouif, j'ai failli me sentir mal, c'était répugnant. Je me suis enfui tout de suite et j'ai rejoint ma voiture. J'étais incapable de conduire, il m'a fallu de longues minutes avant de retrouver mes moyens. J'avais peur. Il y avait mes empreintes sur le jerrican puisque je n'avais pas mis le feu. Je ne savais pas quoi faire. J'ai attendu, et puis soudain le brasier, les flammes. Je n'y comprenais rien. J'imaginais les deux corps en train de se consumer, je me demandais si Kalala était là lui aussi, et s'il n'allait pas sortir de la maison transformé torche vivante.

— En définitive, vous n'avez rien fait, conclut Jérôme, vous êtes juste entré et sorti !

— Si on considère que l'intention n'est pas l'action, non, je n'ai rien fait.

Il y eut un temps de silence. Jérôme pensait à Giachetti : si le prof se plaignait il aurait un blâme, bah, tant pis, il n'aimait pas ce métier.

— Vous êtes un homme courageux monsieur Sergier, elle a raison de vous aimer, Zoya.

Le compliment était sincère, il fit mouche.

— J'aimerais cependant bien savoir qui a été violée ? Le témoignage de la voisine est formel, elle croit que c'est Zoya, mais je pense qu'elle se trompe et que c'est Aïcha.

Jean Pierre tressaillit, sa voix s'étrangla.

— Qu'est-ce que ça change ?

— Beaucoup de choses, si vous dites la vérité, et j'en suis sûr, et si c'est aussi le cas de Carette, hypothèse qu'on ne peut pas écarter, c'est qu'il y a bien un troisième homme. Daloa ?

Jérôme lut de la surprise dans les yeux du prof.

— Lui aussi manie le couteau en virtuose !

— Taisez-vous.

Chapitre 35 Révélations

L'ambiance avait changé au commissariat, Dargier avait capté des regards, des attitudes, des petites gestes et, pour en avoir le cœur net, il avait procédé à quelques tests.

— Marie-Ange, Jérôme te cherche partout.

Ce n'était pas vrai mais elle s'était précipitée avec un empressement suspect.

— Vous dînez ensemble ce soir ?

Elle avait rougi avant de le détromper.

— Tu es au courant ? Giachetti envisage de remettre Jérôme en équipe avec moi.

Marie-Ange avait pâli, il s'était dépêché d'avouer que c'était une blague.

Dargier était un prolixe sympathique, de ceux qui prêchent le faux pour savoir le vrai et s'empressent de le répandre partout. Á la grande surprise de Jérôme, Marie-Ange le prit en rigolant.

Jérôme se débrouilla seul, il retourna fouiner dans le quartier de la gare, muni d'une photo de Daloa qu'il montra à tous les gens susceptibles d'avoir vu quelque chose ; hélas, ni l'épicier ni la boulangère ne le reconnurent. Il ne se découragea pas et fila discrètement Daloa. Ce fut difficile, l'adolescent avait des horaires impossibles et surtout, Marie-Ange s'invitait chez lui sur un rythme de plus en plus soutenu, il ne s'en plaignait pas. Il mit deux semaines à acquérir la certitude qu'Aziz Daloa et Aïcha Benazouz filaient le parfait amour. Il lui fallut beaucoup de ruses pour se libérer, le résultat fut pour le moins troublant.

Le directeur du foyer le reconnut tout de suite et l'accueillit fraîchement, Jérôme comprit qu'il lui faudrait mentir comme un arracheur de dent s'il voulait en apprendre plus.

— J'arrive du lycée où on ne m'a fait que des compliments sur Daloa et je me suis dit que, dans le

Chapitre 35   Révélations

cadre de l'action sociale de la police, je pourrais peut-être ...

L'autre s'éclaira d'un large sourire et lui coupa la parole,

— ... préparer un dossier pour lui donner sa chance ? Vous ne le regretterez pas. L'ONG qui l'a recueilli, comme tant d'enfants victimes de la guerre, nous a prévenus de son intelligence exceptionnelle. Non seulement en quelques semaines, il savait lire comme vous et moi, mais il a ensuite rattrapé son retard dans toutes les matières en quelques mois, révélant des dons exceptionnels pour les mathématiques et la physique, au point que la question de son avenir s'est posée. On ne pouvait pas gâcher de telles dispositions et on nous l'a envoyé. Avec ça, un caractère doux, tout le contraire de ses camarades restés en Afrique et quand je dis camarades, ce n'est pas le mot qui convient. La première chance qu'on lui a donnée, il l'a saisie, alors, si la police peut faire quelque chose pour lui, vous êtes le bienvenu. Aziz n'est pas fait pour vivre ici, il lui faut une famille d'accueil, des gens sérieux, solides.

— Je crois que je pourrais lui en trouver une assez facilement si vous m'en appreniez un peu plus sur son passé.

Jérôme avait honte de sa mystification, mais il fallait aller jusqu'au bout. Il dissimula son impatience et affronta le regard perçant de l'autre qui détailla les vêtements vieillots et un peu fripés. Le jeune flic ressemblait à un de ces fonctionnaires modernes qui vivent en marge de leur hiérarchie et vibrent d'un ardent désir d'être utiles. En lui associant une image d'intégrité, son patronyme devenait un atout.

— Il vaut mieux que je commence par le début, connaissez-vous la Sierra-Leone?

— C'est en Afrique.

— Oui, un petit état minuscule, coincé entre le Libéria et la Guinée. Aziz vivait là-bas, avec ses parents et ses frères et sœurs, dans une ville appelée Makeni, grosse bourgade rurale. Au Sierra-Leone, l'économie criminelle est florissante, surtout au profit des petits seigneurs de la guerre qui terrorisent les populations des campagnes. Tejan Kabbah, le président, est incapable de contrôler son territoire, et même simplement d'imposer sa légitimité, cette impuissance favorise l'émergence de petits groupes rebelles, dont celui d'Issa Sesay et ses West Side Boys. On croirait le nom d'un groupe de rock n'est-ce pas, et pourtant ce sont d'authentiques crapules qui se présentent en libérateurs mais ne cherchent qu'à s'enrichir. Les parents d'Aziz et tous ses frères ont été tués par les rebelles qui ont emmené ses sœurs en captivité. Ils en ont besoin pour la cuisine et d'autres tâches. Elles sont fréquemment violées et battues. Aziz a d'abord erré dans la campagne pendant des mois, puis il est arrivé dans

Chapitre 35　Révélations

une petite ville protégée par une garnison de l'armée régulière, c'est là qu'il a été enrôlé. Il avait treize ans. Il a reçu un entraînement rudimentaire et on l'a tout de suite envoyé au combat. Tout est dans son dossier.

— Quelle horreur !

— Et encore, vous n'avez pas tout entendu. Pour sa première embuscade, il y avait parmi les rebelles d'autres enfants de son âge, le premier qu'il a visé avait moins de dix ans, son fusil était trop lourd, c'était mourir ou tuer, il a choisi de vivre. Il revit cette scène constamment et pourtant, il y en a eu d'autres. Il s'est battu trois ans dans les rangs de l'armée régulière, il a même participé à l'assaut d'un campement de rebelles dans lequel il a retrouvé l'une de ses sœurs, mourante, battue à mort parce qu'elle ne supportait plus d'être violée à répétition et qu'elle avait tenté de se révolter.

Jérôme était muet de stupeur.

— J'ai presque fini. Quand l'ONG catholique l'a sorti de là, il s'est retrouvé dans un centre de transit, au Bénin. Les bénévoles y sont habitués, à ce genre de cas, ils savent gérer les réactions, et ce n'est pas facile. La plupart de ces anciens enfants-soldats se battent entre eux, ils se racontent leurs exploits passés, les exagèrent dans une surenchère permanente, avec menace de passer à l'acte si l'autre ne les croit pas. Les éducateurs passent leur temps à les séparer et à les raisonner, alors certains expriment leur colère contre le centre, cassent les fenêtres, mettent le feu. Ils se sentent frustrés de tout, ils ont peur du regard des autres, presque tous refusent de retourner à l'école, il faut développer des trésors de persuasion.

— Je me sens minable.

— Mais non, puisque vous êtes là et que vous voulez l'aider. Aziz le mérite. Contrairement aux autres, il s'est jeté sur les livres et les cahiers avec la même férocité qu'il avait égorgé les rebelles responsables du viol de sa sœur. C'est un enfant surdoué et à la sensibilité supérieure à la moyenne. Il a subjugué ses professeurs par sa soif d'apprendre, par ses facilités. Les autres enfants-soldats sont arrogants, agressifs et ne supportent aucune forme d'autorité, lui, il est doux. Si on ne le cherche pas, il reste tout seul dans son coin pour étudier. Il n'aime pas le sport, ni les films, il parle peu, voire pas. Hélas, de cette jeunesse déshumanisante, il a conclu que la vie n'avait aucun intérêt. Même les filles ne le tentent pas, il a trop vu ce que subissaient les femmes en Afrique.

Omar Ben Schaouif et ses deux nains avaient dû sembler des adversaires négligeables à quelqu'un qui avait tué, égorgé et appris à dominer sa peur pendant trois ans. Traquer des rebelles dans la brousse, ou trois petits voyous dans une banlieue, était-ce si différent ?

Chapitre 36 Ultime dispute

Marie-Ange était déçue, elle aurait aimé être bousculée, pressée, que Jérôme la supplie de s'installer chez lui, elle aurait cédé avec élégance. Au lieu de tout cela, il était tourmenté et refusait d'en parler. Il y avait plus grave, il continuait à multiplier les absences et Giachetti faisait les gros yeux, menaçant de mal le noter. Son petit flic n'était pas fait pour le métier, ce n'était pas pour lui déplaire, surtout qu'il n'y avait plus guère que cela qui la retenait de faire le grand pas. Alors que beaucoup d'hommes couchaient à droite et à gauche, Jérôme tranchait par son originalité et elle l'appréciait à sa juste valeur. Flic médiocre parce que trop sensible, il serait certainement un époux parfait. Pourtant, ça commença par une dispute. Jérôme conduisait en silence, troublé parce qu'il venait d'apprendre.

— On passe la soirée ensemble ?

— Oui, si tu veux.

Marie-Ange aurait aimé plus de flammes. Un mouvement d'humeur irréfléchi la fit répondre sèchement.

— Non, j'ai changé d'avis, tu m'énerves quand tu es comme ça.

— Mais si, viens.

— Je ne t'appartiens pas, mon petit Jérôme.

— J'ai horreur qu'on m'appelle mon petit.

— Et moi, j'ai horreur des mecs qui s'accrochent quand une femme leur dit non.

Jérôme ne cherchait pas une querelle, bien au contraire, mais toutes ses pensées étaient tournées vers Daloa, ce gamin avait droit à une seconde chance, une autre vie. Il avait mauvaise conscience et ne pouvait rien lui dire.

— Je ne m'accroche pas, je t'aime, mais puisque tu veux tout savoir, dans mon monde à moi, les femmes se mettent en jupe, et ne couchent qu'avec leur mari.

Marie-Ange ne comprit pas que c'était une allusion à son refus de l'épouser, elle lui jeta un regard de mépris.

— Je ne vois pas le rapport entre la jupe et le mariage mais dans le mien de monde, les mecs ne s'habillent pas comme des vieillards.

— C'est stupide.

Chapitre 36   Ultime dispute

— On est bien d'accord, au revoir.

Il n'eut pas le temps de réagir, elle sauta hors de la voiture et il la vit disparaître dans la foule. Le feu passa au vert, quelques klaxons énergiques l'obligèrent à redémarrer. Il hésita à se garer pour la rejoindre et finalement, se convainquit que c'était une brouille sans suite.

Il avait raison, Marie-Ange ne mit que quelques mètres pour regretter. Les tensions sont banales au sein d'un couple, surtout quand on travaille ensemble. Elle oublia la dispute et ne pensa qu'au foyer qu'il rêvait de fonder avec elle, ça la tentait de plus en plus. Á peine rentrée, elle décrocha le téléphone.

— J'arrive, c'est trop con de se disputer pour une absence de jupe ou un imperméable trop long.

Leur nuit fut torride, Marie-Ange se sentait tellement en confiance qu'elle ne se retenait plus, il en sorti épuisé et eut une parole malheureuse.

— Elles sont toutes comme ça, les femmes, dans ta famille ?

— Je n'en sais rien, ce n'est pas le genre de confidences qu'on se livre de mère à fille. Pourquoi tu me demandes ça ?

— Parce que si c'est le cas, vous portez bien votre nom.

Ce fut comme une gifle.

— Fous le camp !... Non, c'est moi qui pars !

Marie-Ange commença à se rhabiller fébrilement, puis, il s'aperçut qu'elle cherchait à gagner du temps. Il comprit qu'elle lui offrait une chance.

— Epouse-moi.

L'appartement n'était pas joli, trop vieux, mal agencé, avec des plafonds désespérément hauts. Elle n'aurait pas aimé vivre ici et pourtant s'y sentait déjà chez elle. D'autres hommes avaient partagé son lit, Jérôme était le seul à parler mariage. Elle était debout, vêtue, prête à s'en aller et lui, allongé, nu, tel un satrape oriental, c'est curieux comme des conversations très sérieuses se tiennent parfois dans des situations comiques.

— J'ai dix ans de plus que toi.

— Ça ne se voit pas.

— Pas maintenant, mais ça viendra vite !

— Jane Fonda est magnifique et elle a soixante-dix ans.

Cet argument la troubla.

— Tu commences à peine ta carrière, tu es même en retard de quatre ans. Les autres stagiaires sont plus jeunes.

— Ça nous rapproche.

Chapitre 36   Ultime dispute

Elle se retourna.

— On se moquera de toi.

— Je crois plutôt qu'on m'enviera.

C'était vrai que Jane Fonda restait belle, et Audrey Hepburn, et d'autres encore. Elle lui posa la question qui angoisse toutes les femmes.

— Tu m'aimes parce que je suis mince et que j'aime faire l'amour, qu'en sera-t-il si tu veux des enfants ?

Sa réponse mit du temps à venir ; essayait-il de se voir en futur papa, imaginait-il un ventre déformé, des seins alourdis, des yeux cernés par les nuits sans sommeil, une femme indisponible?

— Je suis un homme patient. Tu redeviendras belle et si tu me donnes une petite Marie-Ange miniature, j'en serai fou comme tous les papas du monde. J'ajoute que la grossesse n'enlaidit les femmes qu'à leurs propres yeux.

Marie-Ange était à deux doigts de céder.

— Et si j'ai une promotion, si je deviens commandant, puis commissaire, toi tu seras toujours lieutenant ! Qui te dit qu'on aura la même affectation?

— Si tu m'épouses, je quitte la police.

— Et que feras-tu?

— C'est secondaire.

Les images se bousculaient dans la tête de Marie-Ange. Elle se voyait annoncer leur mariage aux collègues, le vin d'honneur, les plaisanteries graveleuses dans son dos. Elle se voyait aussi construisant enfin sa vie de femme, prenant un nouveau départ, tenant un enfant dans ses bras.

— Tu me donnes combien de temps ?

— Le temps qu'il faudra.

Elle sortit.

Chapitre 37   Confrontation

Daloa avait vengé sa sœur en égorgeant ses tortionnaires jusqu'au dernier. Il avait recommencé, pour protéger Aïcha. Jérôme ne pouvait pas en parler à Marie-Ange, elle se ferait blâmer puisqu'elle était son supérieur et qu'il avait enquêté dans son dos. S'il parlait, la scientifique trouverait-elle des preuves ? Dans la cave, peut-être ? Sur les semelles de Daloa aussi, mais s'il était aussi intelligent que tout le monde le prétendait, il avait tout fait disparaitre depuis longtemps. On lui avait volé sa famille, son enfance, allait-on le priver de son avenir ?

Chapitre 37   Confrontation

Jérôme n'était pas le seul à être tourmenté. Depuis sa conversation avec le jeune flic, Jean Pierre ne dormait plus. Si la police convoquait Aïcha, elle s'effondrerait en quelques minutes, racontant son calvaire. La priorité était de prévenir l'adolescent.

Aziz l'écouta avec concentration et ne répondit rien.

Quand Jérôme téléphona pour dire qu'il était malade et ne viendrait pas travailler, Marie-Ange n'y crut pas une seconde. Elle trouva la journée interminable et se précipita chez lui dès son service terminé. Elle gravit les trois étages le cœur léger, ignorant le crépi fatigué, les boîtes aux lettres minuscules, les marches glissantes et la rampe noire qui devait peser des tonnes. Son petit flic allait changer de métier et elle l'épouserait, puisqu'il y tenait tant.

Quand elle parvint sur le palier une surprise l'attendait, la porte était entrouverte.

— Jérôme, tu es là ?

Elle entra joyeusement et se retrouva devant un jeune noir.

— Qui êtes-vous ? Où est Jérôme ?

Il recula et s'appuya contre un fauteuil. Son blouson bailla, elle vit qu'il était armé d'un poignard commando.

— Comment êtes-vous entré ?

Il fit un geste.

— Ne bougez pas.

Marie-Ange ne le quittait pas des yeux, le flingue prêt à jaillir. Aziz avait vu la crosse de son arme de service, il obtempéra.

— Monsieur Maigret m'a donné ses clés, finit-il par articuler. Je dois réparer son PC, il a un bug.

Marie-Ange n'en croyait pas un mot, elle crut avoir affaire à un banal cambrioleur.

— On va l'attendre bien sagement, vous assis, et moi là, sur le pas de la porte.

Cela dura une longue minute, puis un pas se fit entendre dans l'escalier. Le noir esquissa un geste pour se lever.

— Tout doux, voilà monsieur Maigret qui va confirmer vos dires.

Jérôme entra, vit Marie-Ange, et fit une remarque joyeuse.

Chapitre 37   Confrontation

— Qu'est-ce que tu contemples comme ça, ton futur foyer ? Laisse- moi passer, je suis chargé comme un baudet.

Marie-Ange ne bougea pas.

— Ce jeune homme prétend que tu lui as donné tes clés afin qu'il vienne réparer ton PC.

Jérôme regarda par-dessus son épaule et reconnut celui dont il avait montré la photo à tous les commerçants du quartier de la gare. Derrière ce physique d'adolescent, se cachait une bête de guerre, un type qui avait exécuté froidement les trois minables du gang des poubelles, il fallait prendre une décision, vite.

— Vous êtes Aziz Daloa, n'est-ce pas ?

— Tu le connais ?

— Oui, ce n'est pas un voleur et je sais pourquoi il est venu car j'ai rencontré le directeur de son foyer, il m'a longuement parlé de lui, de son passé, des épreuves qu'il a affrontées. Aziz, tu n'as rien à craindre de moi.

Marie-Ange connaissait trop son métier pour ne pas voir que le jeune black était nerveux et indécis.

— C'est un ancien enfant-soldat. Á treize ans, il était dans l'armée régulière de la Sierra Léone. Il s'est battu contre les rebelles, des guérilleros sans foi ni loi.

— C'est pour ça qu'il porte un poignard commando sous le blouson ?

— Une vieille habitude, mais maintenant c'est fini, il est chez nous, il reconstruit sa vie et surtout, on va l'aider.

— Il a fait une bêtise ?

— Aux yeux de la loi, oui, mais personne n'est au courant, à part moi, et vu qu'il n'y aura pas de dépôt de plaintes, j'ai l'intention d'oublier toute cette histoire. Le directeur de son foyer n'a pas tari d'éloge sur son intelligence, sa rage de travailler pour s'en sortir, il a confiance en lui et m'a convaincu.

Marie-Ange vit que le jeune noir réfléchissait.

— Pourquoi il est venu alors ?

— Pour m'entendre lui dire ça. Tu as compris Aziz, ce n'est pas ce que tu as fait qui compte mais ce que tu vas faire maintenant. Quand l'ONG t'a recueilli, tu as su saisir ta chance ; tu vas recommencer avec la main que je te tends. Tu dois t'occuper d'Aïcha, et ce n'est pas en continuant les conneries que tu pourras le faire.

A moitié rassurée par les propos de Jérôme, Marie-Ange prit les commissions et passa derrière la cuisine américaine pour les ranger.

Chapitre 37   Confrontation

— Il a volé un scooter ? Cambriolé un bureau de tabac ?

— Non.

— Alors, vous pouvez lui faire confiance Aziz, surtout s'il n'y a pas de plainte. Jérôme a horreur d'être flic et ne rêve que de s'occuper de gens comme vous. Mais ça peut peut-être attendre. Je préfèrerais que vous en parliez un autre soir et qu'il s'en aille. Je sais que c'est impoli de parler comme ça mais j'ai une grande nouvelle à t'annoncer et il est préférable qu'on soit seuls tous les deux.

Jérôme comprit tout de suite qu'elle acceptait de l'épouser, il sentit son cœur se gonfler et ne vit plus en Aziz qu'un pauvre gosse à la dérive qui avait appris à tuer avant de connaître l'alphabet.

C'est pratique une cuisine américaine, on peut préparer son repas tout en participant à la conversation. Marie-Ange plaisanta.

— Mais il est planté cet animal, allez zou, dehors ! Jérôme et moi on a plein de choses à se dire.

Aziz ne bougea pas.

— Jérôme, fais quelque chose !

— Il attend un message de ma part pour son prof de lettres. Rappelle-lui notre conversation et dis-lui que l'affaire est close. Dis-lui aussi de changer de voiture car la sienne est pourrie et qu'un individu normal n'a pas à se promener avec un vieux jerrican.

Aziz sursauta, un sourire discret descella ses lèvres closes.

De son côté Marie-Ange découvrait des trésors: langoustes, champagne, macarons. Elle jeta sur Jérôme un regard chargé d'amour puis ses yeux tombèrent sur Aziz.

— Il n'est pas bavard !

— Mais il est intelligent. Allez, va-t'en, tu as mieux à faire que de rester ici avec deux flics qui ne demandent qu'à t'oublier. Aïcha doit t'attendre.

— C'est la copine ?

— Oui, et elle a besoin de lui, il faut donc qu'il arrête les conneries.

Chapitre 38 Héros

Jérôme détruisit son dossier, préférant laisser les authentiques professionnels faire leur travail. Quelques jours passèrent, le juge d'instruction

Chapitre 38 Héros

n'était pas totalement satisfait, il demanda à Chabrier d'organiser une reconstitution du soir de l'incendie. Un déploiement raisonnable de forces de police quadrilla le quartier, Carette fut extrait de la maison d'arrêt.

La presse avait été prévenue, des badauds s'étaient rassemblés pour voir la police à l'œuvre, Jean Pierre était parmi eux. Personne ne l'avait convoqué, il avait cédé à une sorte de curiosité morbide.

Marie-Ange et Jérôme étaient de service au commissariat, ce fut Dargier qui leur raconta et son récit fut largement relayé par celui des journalistes.

Carette était étrangement calme, il demanda qu'on lui enlève les menottes et parcourut les vestiges de la vieille maison en racontant son histoire. Le juge le suivait, ainsi que son greffier attentif au moindre détail, Chabrier se tenait en retrait. Carette ne connaissait pas Jean Pierre, il n'avait aucune raison de s'en prendre à lui, aussi ce fut un pur hasard si, avisant un tesson de bouteille, il échappa à la vigilance des policiers, s'en saisit et bondit dans la foule pour prendre un otage afin de protéger sa fuite.

Il avait exigé que les flics restent à distance et qu'on lui amène une voiture, menaçant d'égorger l'otage.

Il y avait eu un flottement. Chabrier avait donné des ordres, une voiture avait été avancée. Carette ne perdait pas des yeux les flics, incapable d'imaginer que l'agression viendrait du public, il n'avait rien vu venir, rien pu faire. Une poigne d'acier lui avait broyé le poignet, essayant de lui arracher le tesson de bouteille. Il avait lâché Sergier et les deux hommes avaient roulé par terre dans une furieuse empoignade, Chabrier s'était précipité mais tout avait été si vite !

Daloa s'était relevé le premier, Carette gisait dans une mare de sang, il avait été impossible d'arrêter l'hémorragie. Pour la presse locale, le fait divers était une aubaine, la photo du jeune lycéen serrant la main du commissaire de police fit la Une de nombreux quotidiens avec des commentaires aguicheurs. *« Un lycéen sauve la vie de son prof »* ... *« Le bandit tombe sur plus fort que lui »* ... *« Incroyable courage d'un adolescent qui neutralise tout seul un dangereux criminel».*

Le courage d'Aziz, expulsant des voyous venus perturbés le cours de français fut lui aussi évoqué. Il fut question d'une récompense, d'une bourse. L'adolescent fit tout pour se faire oublier, expliquant que le bac restait sa priorité. Jean Pierre ne fit pas l'objet d'autant de curiosité. Puis, il y eut d'autres faits divers et on oublia le geste courageux.

Carette étant mort et la police n'ayant pas d'autres pistes, l'affaire fut classée.

Epilogue

Cinq ans s'étaient écoulés, Jean Pierre discutait avec son beau-père, devant la petite maison qu'il l'avait aidé à acheter, près de Bretteville.

— Alors mon fils, est-ce qu'il te plaît, mon potager ? Il y a de quoi nourrir toute notre tribu.

Jean Pierre avait obtenu sa mutation dans un lycée de Cherbourg, il avait loué un appartement près du centre-ville où il vivait avec Zoya, s'étonnant chaque matin de son bonheur.

Aïcha et Aziz fuyaient la société des hommes et le jeune homme avait choisi de se consacrer à la terre. Son don pour les études lui avait permis de passer brillamment les échelons des carrières agronomiques. Ni lui, ni Jean Pierre ne se doutaient que quelques dizaines de kilomètres, plus à l'Est, une étrange cérémonie avait lieu au commissariat central de Caen.

Jérôme tenait dans les bras une adorable petite fillette brune. Marie-Ange était vêtue d'un strict tailleur de laine grise, elle était nerveuse. Depuis pratiquement seize ans, elle attendait ce moment, mais affronter les regards, asseoir son autorité, ignorer les moqueries discrètes restait difficile. Quelqu'un vint la chercher. Jérôme suivit, sa petite fille dans les bras. La fillette de deux ans regardait son papa avec confiance, elle avait un regard pétillant d'intelligence et une épaisse chevelure noire qui rappelait la beauté de sa mère. Marie-Ange lui fit une petite caresse sur la joue.

— Je t'aime, mon ange.

— Qui c'est, tous ces gens maman ?

Ce fut le papa qui répondit.

— Ce sont des policiers.

— Il n'y en a beaucoup !

— Oui ma chérie, et ils vont désormais tous être sous les ordres de ta maman.

— Ça veut dire quoi, sous les ordres ?

— Ça veut dire qu'ils devront lui obéir, mais chut, mon amour, laisse ta maman parler.

Il y avait treize officiers de police, le plus âgé se racla la gorge, il partait à la retraite, il était ému. La beauté de sa remplaçante aussi le troublait, pour un peu, il serait resté.

— Vous allez voir que je vous laisse entre de bonnes mains.

Il y eut les inévitables sourires, les plus jeunes imaginaient les mains en question, et tout le reste. Marie-Ange resta imperturbable, son prédécesseur fut bref.

— Je vous présente le commissaire Leflère[4].

---

[4] Vous retrouverez les personnages de ce roman dans le second tome intitulé « Ma liberté se lève dans la nuit ». Marie-Ange et Jérôme se trouveront confrontés à une douloureuse épreuve, la disparition de Julie enlevée par un schizophrène pédophile.

© 2016, Jean Paul Pointet

Edition : BoD - Books on Demand
12/14 rond-point des Champs Elysées, 75008 Paris
Impression : Books on Demand GmbH, Norderstedt, Allemagne
ISBN : 9782322113873
Dépôt légal : Octobre 2016